中华先锋人物
故事汇

王 杰

"小马驹"的英雄梦

WANG JIE
XIAO MAJU DE YINGXIONG MENG

王巨成　著

党建读物出版社　接力出版社
Publishing House

图书在版编目（CIP）数据

王杰："小马驹"的英雄梦／王巨成著 . — 北京：
党建读物出版社；南宁：接力出版社，2019.4
（中华人物故事汇 . 中华先锋人物故事汇）
ISBN 978-7-5099-1084-9

Ⅰ.①王…　Ⅱ.①王…　Ⅲ.①传记小说－中国－当代
Ⅳ.① I247.5

中国版本图书馆 CIP 数据核字（2018）第 276582 号

王杰——"小马驹"的英雄梦
王巨成　著

责任编辑： 亢　莉　　何　羽
责任校对： 贾玲云　　杜伟娜　　张琦锋
装帧设计： 严　冬　　许继云
出版发行： 党建读物出版社　　接力出版社
地　　址： 北京市西城区西长安街 80 号南楼（邮编：100815）
　　　　　　广西南宁市园湖南路 9 号（邮编：530022）
网　　址： http://www.djcb71.com　　http://www.jielibj.com
电　　话： 010-65547970/7621
经　　销： 新华书店
印　　刷： 北京盛通印刷股份有限公司
2019 年 4 月第 1 版　　2019 年 7 月第 2 次印刷
787 毫米 ×1092 毫米　32 开本　　6 印张　　100 千字
定价：22.00 元

本社版图书如有印装错误，我社负责调换（电话：010-65547970/7621）

目 录

写给小读者的话

亲爱的小读者，你可知道齐鲁大地是一个诞生了无数英雄好汉的地方？家喻户晓的《水浒传》的故事就发生在那里。

亲爱的小读者，你可知道有一种精神叫"一不怕苦，二不怕死"？说这句话的人正是齐鲁大地的儿子——一个伟大的共产主义战士，他的名字叫王杰。

王杰用他的生命践行了他说的那句话。

"王杰"这个名字是值得我们牢牢记在心里的，他是我们民族的"脊梁"。

请你设想一下，当你十九岁的时候，你会做什么？请你再设想一下，当你二十三岁的时候，你又会做什么？

十九岁，王杰成为共和国的一名军人；二十三岁，王杰为了他人献出了自己宝贵的生命。

二十三岁呀！多么年轻的生命，年轻得像一朵花，年轻得像一棵茁壮的树。

二十三岁呀！那么短暂的生命，短暂得像一道闪电，短暂得像一道绚丽的彩虹。

亲爱的小读者，对我来说这注定是一次难忘的写作。当我走进齐鲁大地，走进王杰生前住过的村庄、上过的学校……我仿佛听见了王杰那有力的心跳声，我的心里只有感动，只有崇敬。

这也注定是一次令我不安的写作，因为我要把五十多年前的一位英雄写给今天的你们，因为我要在他二十三岁的生命之河里搜寻那些寻常而动人的故事。今天的你们还相信英雄吗？还崇敬英雄吗？还会被他们所感动吗？

有人说过，一个没有英雄的民族是悲哀的，一个有英雄而不知道珍惜的民族是可怜的，是没有希望的。

亲爱的小读者，你们的生命之花需要热血，愿王杰活在你们的心里。

　　瓦蓝瓦蓝的天空，看不见一丝云彩，显得高远而深邃。干爽的风徐徐吹过，吹过树梢，一片一片开始发黄的叶子悠悠地从树枝上飘落下来；吹过万福河，河水清澈透明，水面荡漾着细碎的波纹，那波纹在阳光的照射下金光闪亮；吹过田野，该黄的黄了，该红的红了，黄的是庄稼，红的是枣。有农人在田地里收割着高粱、谷子，老牛和马在任劳任怨地拉着收割下来的庄稼，把它们一趟一趟地送到打谷场……

　　这是华堌村一九四二年的金秋十月。

　　华堌村位于微山湖西面一片广袤的平原上，地处金乡县境内，在金乡县城的正北方向，两者距离五里左右。

这一天，随着一声响亮的啼哭，一个新的生命在华圩村的王儒堂家诞生，这是王家的第二个孩子，男孩。

男孩取名"王遵明"，乳名"小芳"。

给男孩子取一个女孩子的乳名，那是父母图的顺口，也是接着他姐姐的乳名起的，姐姐的乳名叫"小娥"。

谁也不会想到这个新生命就是后来的英雄王杰。

王杰的童年和那个时代所有孩子的童年一样，经历着饥饿和贫穷。在王杰的记忆里，好长时间都充斥着红薯叶、榆树叶的味道。

华圩村地势低洼，十年九淹，一到夏天，到处水汪汪。到了秋天，大水退去了，满眼是丛生的杂草。由于村里大部分土地是盐碱地，庄稼收成少。为了生计，华圩村人在一些饥荒特别严重的年月不得不去闯关东，去逃荒要饭。

王杰的童年还有战争、动乱的威胁。这一年的十二月，侵华日军一万多兵力，对湖西抗日根据地进行"拉网式大扫荡"，烧杀抢掠，无恶不作。在襁褓中的王杰不得不随父母以及村民外出逃避日本鬼子的扫荡。

然而，王杰又是幸运的，日本侵略者将很快投降，新中国将很快诞生，王杰的童年将翻开新的一页。

一个令人纠结的问题

那是一九四七年七月的一天，黄昏时分，太阳像一个燃烧的红球悬挂在天边的山顶上，眼看着要坠落到山下面。天空的云能数得过来，有片状的，有条形的，还有丝状的，像是被人撕下的棉絮，随手扔在那里，它们一律被霞光染成金红色，绚丽，华美。

王杰和村里的孩子在野地里玩耍。太阳虽然要回家了，但是王杰他们还不会回家。白天的炎热渐渐退去，那刮来的风也带来了一丝的凉意——他们怎么可能回家呀？他们往往要玩到村里的大人喊，甚至玩到天幕上出现星星，才可能带着一身的汗渍回家。

然而，就在这时，"轰——"羊山方向传来了一声沉闷的响声。孩子们一个个都愣住了，惊疑地抬头看天。最初他们以为是打雷，可是天上没有那种会下雨的阴云呀，哪儿来的雷声呢？

　　"轰——"又响了一声，比之前的那声更响。

　　突然，不知哪一个孩子拼命地喊起来："打仗啦，打仗啦，'鬼子'来啦，'鬼子'来啦——"

　　于是，所有玩耍的孩子拔腿就往村子跑，一边跑一边拼命地喊叫着："打仗啦，'鬼子'来啦，'鬼子'来啦——"

　　似乎"鬼子"正在他们的身后追赶着，并且端着枪。没有谁会去想一想"鬼子"来了的可能性有多大。

　　大孩子跑在最前面，而王杰这些五六岁的小孩子落在了最后面。有的孩子号啕大哭着，有的孩子鞋跑丢了也顾不上捡。

　　等孩子们跑到了村里，他们不但没有看见"鬼子"追上来，而且那"轰"的声音也没有了，看来是虚惊了一场。

　　这时有孩子发现他们中少了一个人："哎，小芳呢？"

王杰太小了，当时虚岁只有六岁，是孩子里的小不点。那个发现王杰不见了的孩子又说："小芳是不是被'鬼子'抓去了呢？"

"鬼子"要来的话，肯定要到村子里来，怎么可能只抓一个小不点呢？抓小不点过去又能干什么呢？是让他给"鬼子"带路吗？是要他给"鬼子"做饭吗？……

就在大家纷纷议论的时候，一个孩子朝村子跑来——正是王杰。

王杰的眼睛红红的，眼泪还没有干，他的手上拎着一只鞋，那是别的孩子跑丢的。

跑丢了鞋的孩子一看是自己的鞋，过去从王杰的手上夺过来就穿上了，连一声"谢谢"都没说。

"你哭了吧？"别人盯着王杰的眼睛问。

王杰说他哭了。那时他的身边没有一个孩子，大孩子小孩子都跑到前面去了，他怎么可能不哭呢？他手上没有枪，也没有刀，倒是有一只鞋。刚才跑来的路上，他一直把鞋紧紧地抓在手上。他也没有想过要把鞋当作武器来对付"鬼子"。

中华先锋人物故事汇　王杰

"哈哈，真是胆小鬼！"有一个大孩子笑话王杰说。

"胆小鬼"三个字就像扇了王杰一记耳光。王杰急忙擦擦眼睛，他可不想做胆小鬼。

"小芳，你到哪儿去啦？"好几个声音同时问。

王杰说，他跑着跑着摔了一个跟头。后来，他跑到一棵大树下，索性趴了下来，一动不动地趴着。趴了一会儿，没有看见所谓的"鬼子"，他才爬起来往村里跑。

这一回大家都嘻嘻哈哈地笑起来。

"小芳呀，你真是胆小鬼呀！"许多孩子说。在他们看来，假如"鬼子"真的来了，趴到大树底下就有用了吗？

王杰很不服气。别人都跑了，他也跑了；有孩子哭了，他也哭了；有孩子鞋跑丢了，他的鞋可没有丢。他怎么就成"胆小鬼"了？他要是胆小鬼的话，大家都是胆小鬼。

在这之前，从来没有谁叫王杰胆小鬼，他也不会承认自己是胆小鬼。在晚上，他敢一个人从华塬村的这头走到那头；同样在晚上，他敢一个人睡觉，而且听到房梁上面的耗子走动的声音，一点儿也不害怕。

王杰回家把今天的事情跟爸爸妈妈说了，说得吞吞吐吐，很不好意思。王杰完全可以不说，但"胆小鬼"那三个字令他说不出地难受，他不愿意做胆小鬼，他也不愿意承认自己是胆小鬼。

爸爸说，趴到大树底下不一定是胆小，往村里跑也不一定是胆大。他们再会跑，也没有子弹跑得快呀。

妈妈说，他们才是胆小鬼呢。

虽然爸爸妈妈这样说了，但王杰心里还是没有释然——不管别人是胆大还是胆小，他趴在大树底下的行为到底算不算"胆小鬼"呢？

一连几天，王杰都在这个问题上面纠结。

不久后，村里的人才知道，那"轰"的声音发生在羊山，是解放军跟国民党的部队在那里打仗。这一次战斗被称为"羊山战役"。在这次战斗中，解放军不但俘虏了国民党中将师长宋瑞珂，还俘虏了两万三千名官兵。羊山战役的胜利，为解放军挺进大别山打开了通道。刘伯承司令员满怀胜利的喜悦和豪情，写下了著名诗篇：

狼山战捷复羊山，

炮火雷鸣烟雾间。

千万居民齐拍手，

欣看子弟夺城关。

"我长大了要当解放军！"王杰忍不住把这句话告诉了伙伴。解放军听到"轰"的声音绝不会往村里跑，也绝不会躲到大树底下的。

谁知，他的话刚说出来，别人就笑了起来，他们笑的是：王杰胆子那么小，怎么能当解放军呢？解放军也不会要"胆小鬼"的。

"我就是要当解放军！"王杰涨红了脸，昂起头，大声地说。

一次没有成功的行动

　　王杰越是说他要当解放军，别的孩子就越是不服气，并且越是要喊他"胆小鬼"。

　　只要听到"胆小鬼"这三个字，王杰心里就蹦出一股东西：哼，说我是胆小鬼，我偏要让你们看看我到底是不是胆小鬼。

　　那些天里，王杰一门心思想的是怎样向那些孩子证明自己不是胆小鬼，而是一个勇敢的人。

　　可是，怎么证明呢？最好的证明方法是王杰立马去当解放军，可惜虚岁六岁的孩子还没有枪高，解放军也不会要一个这么小的孩子呀。那只有慢慢等了，等到他长出胡子，成为大人的那一天。

　　看来，要证明自己不是胆小鬼，只有从身边想办法了，做一件令村里的伙伴对他刮目相看的事情，并且是一件非常勇敢的事情，只有他敢做，而别的孩子不敢，到时候他们只有佩服的份儿。这样，以后谁也不会再叫他"胆小鬼"了。

王杰首先想到的是爬到村里最高的那棵枣树上，摘那些还没有成熟的枣。那棵枣树粗壮高大，到目前为止只有几个大孩子能爬上去。王杰要是爬上去，他将成为爬上那棵枣树的年龄最小的人。不过，当王杰的手抱住那棵枣树的时候，他才发现爬一棵树可不是他想象的那么简单。那棵树粗到他的双手几乎抱不过来，而且那棵树太高了，高得让他一瞬间双腿发软。

树上有一只麻雀，那只麻雀偏头看着王杰，叽叽地叫了几声，好像在对王杰说："哈哈，你这个小不点还想爬到树上来？除非你像我一样生出一对翅膀来。"

王杰想到的第二个主意是爬到草垛上，然后跳下去。

毫无疑问，草垛的高度远不能跟那棵枣树相比，但是用它来练一练自己的胆子倒是很不错。王杰还真的爬到了草垛上，是借助凳子爬上去的。当王杰站到草垛上面，他的脑子里跳出了一个问题：要是跳下去把腿摔断了怎么办？腿摔断了可就当不成解放军了。这么一想，王杰开始心慌，双腿打战——王杰根本就不敢往下跳。新的问题也出现了——他怎样从草垛上面下来呢？还没有等王杰想好主意，他的身体就晃动起来。由于身体失去重心，王杰从草垛上滑了下来，吓得他连忙叫喊着闭上了眼睛。

王杰以为自己受伤了，其实他哪儿也没有受伤，幸好是"滑"下来的呀。

王杰说不出地难过，看来他真的是胆小鬼。

王杰又想出了一个主意：去抓一条菜花蛇。

菜花蛇没有毒，即使被它咬了，关系也不大。村里的大孩子曾抓过菜花蛇，他们拎着菜花蛇的尾巴，不断地抖动着，来吓唬王杰这样的小孩子，或者吓唬村里年龄比较大的女孩子。

像王杰这么大的孩子从没有谁抓过菜花蛇。

要是他能抓一条菜花蛇拎在手上，那绝对是一件勇敢的事情。

王杰拿着一根木棒，真的去找菜花蛇了。

菜花蛇好像知道王杰要找它们似的，都躲了起来。王杰在田地里找了大半天，连菜花蛇的影子都没有看见，别人还以为王杰把钥匙什么的丢了。

王杰失望地从田地里回来时，在村口遇到了一条狗。

这条狗是村里最厉害的一条狗，长得高大健壮，嘴巴一张开，就能看见那尖尖长长的牙齿。它曾咬过一个偷鸡贼，咬得那个偷鸡贼哭爹喊娘。他要是能把这样一条狗打跑了，那也可以证明他是勇敢的。

王杰冲狗举起了木棒。

狗一向不喜欢别人冲它举起木棒之类的东西，它龇着牙齿，发出一声低沉的"呜"。王杰马上扔掉木棒，对狗说："我不打你，我不打你……"

一条咬过偷鸡贼的狗，应该是一条勇敢的狗，他怎么能去打一条勇敢的狗呢？一条勇敢的狗，连偷鸡贼都不怕，还怕他吗？

与其打一条勇敢的狗，倒不如去抓一个偷

鸡贼。

王杰立刻决定去抓偷鸡贼。

村里许多人家都养了鸡。偷鸡贼一般都是在夜晚出来，只要他每天晚上守着鸡窝，总有一天能等来偷鸡贼的。

就在这天晚上，吃过晚饭，王杰就跑了出去。他手握木棒，躲进了一个草垛里，眼睛盯着黑暗里的乡村小路。王杰非常希望偷鸡贼能在今天晚上出现在村子里，只要偷鸡贼来偷鸡，那时王杰就跳出来，冲偷鸡贼大喊："抓贼呀，有贼偷鸡啦——"

估计那时候偷鸡贼要吓得瘫倒在地上。

也不知道过了多久，王杰竟然睡着了。他被一只大手从草垛里拖出来的时候，还迷迷糊糊地喊："抓偷鸡贼呀——"

"谁是偷鸡贼？你眼睛看清楚了！"大手的主人说。

王杰一看，他的面前站着爸爸、伯父、叔叔他们，而拖着他的正是自己的爸爸。找到躲在草垛里面的王杰可不容易，多亏了村里那条最厉害的狗，是它第一个发现了王杰。要不是狗，估计得等王杰一觉睡醒了自己回家。

好好的，躲在草垛里干什么呢？王杰被带回家后，面对一屋子的人，他必须回答这个问题。

王杰把什么都说了，他心里想，做一件勇敢的事情怎么这样难呀？

妈妈哭笑不得地用手指点着王杰的脑门儿，说："你呀你呀，凭你还想抓住偷鸡贼？你就不怕被偷鸡贼给拐跑了？"

伯父王廉堂是小学老师。他听了王杰的话，把王杰拉到身边，语重心长地告诉王杰，真正的勇敢不是跟谁赌气，也不是逞强好胜，做勇敢的事情并不是说就不用爱护自己。从草垛上跳下来，可能摔断腿；如果抓的蛇不是菜花蛇，而是有毒的蛇，那就非常危险了；狗急了会跳墙，可能没打着狗，反而被狗咬了；偷鸡贼也不会乖乖地让王杰抓住他……所以，王杰的这些行为并不是勇敢。

伯父最后明确地对王杰说，那天他趴到大树底下，就是一种爱护自己的行为，跟"胆小鬼"一点儿关系都没有。

听了伯父的话，王杰的心里豁然开朗，以后他再也不介意别人喊他胆小鬼了。

改名

　　王恩地领着几个人，从华堨村的这头走到华堨村的那头。他们把村里每一个地方都看过了，还不时地指指点点，最后这一行人在王伟川家门口站住了。

　　"就这里了！"王恩地满意地说。王伟川家在村子的中间，而且他家刚好有空着的房屋。王恩地是华堨村的老革命，第一任党支部书记兼任村长。

　　一开始，华堨村的人没有在意，等他们看见运来的石灰粉、黄土泥、麦秸秆，才开始好奇。一打听，原来是村里征用了王伟川家的一间房屋，要在那里开办一所学校，那也将是华堨村历史上的第一所学校。

这简直是天大的喜事呀!

于是,王伟川的家门口便成了全村最热闹的地方,这里的一举一动都牵动着村里大人孩子的心。

那些天里,王杰和村里的孩子几乎天天往这里跑。没有谁要他们做什么,但是只要发现有事情可做,他们会毫不含糊地帮着做——那可是帮他们自己做事情呀。等华埄村有了学校,他们就不再只是放牛娃,他们将在这里读书,写字,学文化,成为幸运的有知识有文化的人。看着那间不起眼的房屋一天一个模样,王杰他们的心里像要生出一对翅膀,要飞向一片新的天空。

而且,以后周围村子里的孩子都可以来这里上学。

在这以前,华埄村的孩子可以到金乡县城去读书。尽管华埄村离金乡县城比较近,但是在兵荒马乱的年月,很少有大人把孩子送去上学——大人不放心呀。这样,在该读书的年龄,那些孩子要么做放牛娃,要么满村满野地疯玩。

尽管村里做了最大的努力,但学校还是太简

陋了！

　　没有专门的课桌和凳子，没有专门的教室，没有专门的操场，一所学校该有的，几乎什么也没有。那间房屋原本是王伟川家摆放杂物的地方，是蜘蛛和耗子的天下，蜘蛛在里面织了很多的网，耗子在里面打了很多的洞。将杂物清出来后，把屋顶换上新的麦秸秆，将里面彻底打扫了一遍，然后堵上耗子洞，掸掉蜘蛛网，把墙壁和地面用混合着草屑的泥巴抹平整了，再在墙壁上刷了石灰水。石灰水干了以后，里面一片雪白，白得亮亮堂堂，再贴上几幅画（包括一幅毛主席的画像），顿时就有了草鸡变凤凰的惊喜。课桌呢？在土坯上面搭上木板便成了课桌，只是在上课的时候要小心，不能大幅度地摇晃，否则课桌上面的木板有可能会掉下来，有可能会砸着脚，那土坯也可能倒下来。而凳子则是从自己家里带来的。

　　没有教师办公室，老师将来就在教室里备课、批改作业。

　　但是，在王杰他们的眼里，这里已经好得不能再好了：它是世界上最好的一所学校。

在开学典礼这一天，王恩地深情地对学校的第一批学生说："孩子们，请你们记住，从今天起，你们就是读书人了！新中国需要你们好好读书，我们华坰村需要你们好好读书，需要你们用知识去建设新中国，建设新华坰村……毛主席在看着你们哪！"

在孩子们那二十多双眼睛里，有一双眼睛特别明亮，甚至热泪盈眶。他就是八岁的王杰。

当时他下意识地挺着胸，右手握拳，在心里对自己说：我一定要听毛主席的话，好好读书，长大了成为对新中国有用的人才。

开学典礼结束后，王杰走到了学校的老师跟前，羞羞答答地提了一个要求："王老师，我……我想……我想……改名字……"

王老师名叫王廉堂，是王杰的伯父。他是学校唯一的老师。

"在学校必须叫王老师！"这是王老师在开学前对王杰提的一条要求。别的学生都叫"王老师"，要是王杰叫"大伯"就显得特殊化了。

王老师一愣，问："你为什么要改名字？"

"王遵明"这个名字还是伯父给起的，是依据家谱的排辈来起的。

　　在伯父的目光中，王杰憋得脸红了，然后说出了他为什么想改名字：他希望将来能做英雄豪杰，用学习到的文化知识来建设新中国，来建设新华堌村。

　　伯父的眼睛亮亮地看着王杰，他情不自禁地伸出手，想抱一抱王杰，以此来表达他的欣慰以及对王杰的喜欢。

　　为国家的富强去读书，为国家去做英雄豪杰，这正是伯父对王杰的期望。作为乡村知识分子，伯父崇尚的是"天下兴亡，匹夫有责"，平日他没少给王杰讲岳飞、杨家将等英雄豪杰的故事。

　　伯父一向喜欢王杰。那时伯父、王杰的爸爸、叔父生活在一起，并没有分家，祖父母都健在。在这样一个大家庭里，王杰尊敬长辈，疼爱弟弟妹妹，手脚勤快，那些力所能及的事情争着去做。尤其是当家里发生一些小矛盾或者小纠纷的时候，王杰的机灵劲儿就显现出来了。比如，有一次，婶婶与王杰的妈妈闹了点不愉快。按说，这时候王杰应该偏向自己的妈妈，但是王杰不但对婶婶的态度没有丝毫变化，还在这天吃饭时站起来为婶婶夹菜。王杰的举动，终于让饭桌上一直僵着面孔的婶婶露出了笑脸。

在这个家里，谁都喜爱王杰。

不过，伯父又缩回了手：这是在学校，一个老师怎么能随便抱一个学生呢？何况这个学生还是自己的侄子。

伯父爽快地答应了："好，从今儿起，你就叫王杰，就是那个英雄豪杰的'杰'！"

"王杰"这个新名字，激励着王杰在华堌村小学勤奋学习，也使得他成为一名学业优秀的学生。

一种"厉害"

这一天，在王老师宣布放学后，赵台子村的两个男生对王杰等同学发出了邀请："你们到我们村来玩一玩吧。"

当即有十多个同学一路欢声笑语地跟着去了。

同学之间，经常发生这样的事情：在放学后，邀请几个同学，到自己的村里去玩，这一次你到我们村子玩，下一次我到你们村子玩。

他们很喜欢这种玩的方式，有一种走亲戚的感觉，这种方式可是华堈村学校带来的。要不是华堈村的学校，他们怎么有机会坐在同一个教室读书？又怎么会有机会在课间一起玩耍？那时他们见了面可能谁也不认识谁，说不定还可能发生口角，进而发生两村孩子之间的"战斗"。像这样的事情过去没少发生。

大家都很珍惜在学校的时光，美好而快乐。他们的这种方式不过是把学校的生活延伸了而已。

没有想到的是，大家刚到赵台子村村口，突然蹿出来两条狗，虎视眈眈地看着这一群不速之客，凶巴巴地叫唤着。

狗总是这样，每每看见陌生人进村，就这么龇牙咧嘴地叫唤，似乎要给陌生人一个"下马威"。这时候对付狗的最好办法，就是对狗视而不见，由着它叫唤，该做什么就做什么，用不了多久，狗自己就会感到索然无味，停止虚张声势的叫唤。

可是，这些小学生不知道这些，他们发出一阵惊叫，并且立刻挤成一团。狗是不会咬自己村里的孩子的，可惜那两个男生也被这突然发生的状况吓蒙了，一时竟然不知道该做什么，由着狗叫唤。

"啊，怎么还有狗？"有一个孩子害怕得变了脸色，好像村里不应该有狗一样。其实，在乡下，哪一个村里没有几条狗呢？

话音落下，有两个孩子转身就跑起来。

这时候千万不能跑！狗一向欺软怕硬，看见孩子跑了，它们不但叫唤得更凶了，还朝那两个孩子追去。可以想见，长着四条腿的狗很快就会追上长着两条腿的孩子，到时候狗的嘴巴会毫不客气地咬上去。

王杰什么也没想，急忙奔过去，张开双臂，拦在了两条狗的前面，大声冲它们喊道："不许咬人，他们都是我的同学！"

王杰真的生气了，脸涨得通红，眼睛瞪着两条狗。两条狗不欢迎他们就算了，还用这样的举动对待他们，那真是太不像话了！做人不能这样，做狗也不能这样。他怎么能眼睁睁地看着自己的同学被狗咬呢？

两条狗没料到王杰会这样，一下子愣在那里。

王杰这时又赶紧摘下自己的书包，举过头顶，继续对两条狗喊："不许咬人，快走开，快走开！"

只要两条狗敢做出进一步的动作，王杰肯定会毫不犹豫地把书包砸到狗的头上。

两条狗悻悻地缩了缩脖子，闭上嘴巴，看了看王杰的书包，好像没了主意。

那两个孩子见狗没有追上来，就不再跑了，不过也没有过来。其他的孩子一时也不知道怎么办，进也不是，退也不是。

有一个女生推了推那两个男生中的一个，说："你们村上的狗，不会咬你们呀，你们怕啥呀？"

那两个男生终于醒悟过来，他们跺着脚，挥舞着手，把两条狗赶跑了。

"吓死我了，"叫白书芹的女生心有余悸地说，然后她敬佩地看着王杰，"王杰，你今天太厉害了！"

说实在的，大家刚才真被吓得不轻。听了白书芹的话，大家都敬佩地看着王杰，都觉得王杰非常厉害。在同学们的眼里，王杰是那种比较乖的学生，听老师的话，一门心思读书，乐意帮助同学，在他身上似乎很难找到特别"厉害"的东西。而这一次，他们第一次发现王杰的"厉害"。

王杰很不好意思地涨红了脸，那完全是他在情急之中做出来的，根本就没想别的。不过这时候他倒是有点后怕：要是真被狗咬着了，那可不是好玩的。

这一年王杰九岁。

这里的"厉害"，其实就是"勇敢"的意思。这也是王杰第一次把他的勇敢展现在别人面前，只是王杰不知道他今天的行为完全可以称得上"勇敢"。

那两个同学可能觉得今天对不住王杰他们，就把大家请到家里，用自己家枣树上的枣招待了他们。大家说，他们从来没有吃过这么甜的枣，真是太好吃了。

跑

王杰和伯父一前一后走在夜晚的乡村小路上。

如果说白天的风像刀子，那么到了夜晚，那风就像无数根针。那针扎在脸上，扎在耳朵上，扎在手上，还能透过棉袄扎到身体里。扎到哪里，哪里就感到刺骨的寒冷。王杰的双手早就冻得跟胡萝卜似的了。

对付风的办法很简单，那就是跑。只要跑起来，浑身就热乎了。

"王杰，我们跑！"伯父说。自从王杰改了名字后，伯父连王杰的乳名都不叫了，总是叫"王杰"。

"好，我们跑。"王杰吸着鼻子说。

于是，一高一矮的两个人在乡村小路上跑了起来，脚下发出咚咚的跑步声。华埝村的狗对跑步声已经非常熟悉了，咚咚的声音差不多每天晚上在固定的时间响起来，不久还会再一次响起来，它们是见怪不怪了，因而对咚咚的脚步声懒得做出回应。

寒风一向是令人讨厌的家伙，它固执地朝着那两个人追去，但却拿那两个人一点办法都没有，只好眼睁睁地看着那两个人一直跑到华埝村小学，开了教室的门，点上汽灯，随后门被关了起来。

寒风被关在门外，不甘心地把门吹得哐哐直响。

灯光一亮，满教室好像有了一股热乎乎的劲儿。伯父可能会忍不住说："啊，暖和多了！"王杰也可能跟着说："啊，真的暖和多了！"

趁着学生还没有到，王老师在干净的黑板上写上一个个遒劲的字，那些字有的是《三字经》里的，有的是《百家姓》里的，有的是王杰他们白天学习过的算术题。它们就是晚上学生要学习的内容。

王杰也不会闲着，要不他跟来干什么呢？王杰把一排排的课桌和凳子摆放整齐了，再看看哪里还需要打扫一下。等教室里没有什么可做的事情了，他便掏出带来的书本，坐在教室的最后面，安静地读书，安静地做作业。

不久，那些吃过晚饭，忙完家务的大人陆续走进了教室。那些大人从来没有做过学生，每次进来难免要嘻嘻哈哈笑一阵，相互打着招呼，问一问对方昨天晚上学的功课还记不记得了。王老师一般不笑，他脸上有着一个老师应该有的严肃，好像在他的眼里，只要进了这间教室，无论他们年龄多大，身体有多高，一律是学生。跟那些孩子不一样的是，大人只能晚上做学生，白天需要参加生产队的劳动。

这是华堌村的夜校，是村支书王恩地倡议举办的。孩子需要学习文化，大人同样也需要学习文化呀。

王杰跟伯父来，还有一个任务，就是帮伯父检查大人的学习情况，必要的时候，还要帮伯父去辅导某一个大人的功课。

有一天晚上，一个大人没有叫王杰"小芳"，直接叫了"小王老师"："哎，小王老师，到大伯这里来，给俺看看作业做得对不。"

第一次听到这个特别的称谓，王杰的脸像抹了胭脂一样红：他只是一个小学生，怎么成了"老师"？他又怎么敢做大人的老师？他只是伯父的小助手罢了。

王杰慌乱地摆着手，说："别别别……我哪是老师呀？"

话是这么说，王杰还是走过去，帮着那位大伯检查了作业。不管王杰愿不愿意，之后在夜校里大家都叫他"小王老师"。

"小王老师，来给叔叔看看，这笔账算得对不对？"

"小王老师，这个字咋读呀？"

"小王老师，俺这个字写错没呀？"

……

别看王杰平日少言寡语，但是在这种场合，他还真有几分老师的样子。只要哪一个大人叫他，他马上走过去，耐心地讲解，直到对方会了为止。

两个多小时一晃就过去了。等所有的大人都走了，王杰会把课桌和凳子再一次摆放整齐了，把落在地上的纸屑捡了，熄灭了汽灯，然后锁上门，走进黑暗里。

寒风再一次缠上他们，两个人会再一次地跑起来，很愉快地跑起来。他们不但身上暖乎乎的，心里也暖乎乎的。

夜校好呀，读书好呀，大家都来读书了，都来学文化了，那么新中国的建设是不是就更快一些了呢？每每看见教室里端端正正地坐着那些大人，王杰心里特别有成就感，既为自己，也为伯父。

可惜，总有一些大人，特别是妇女，因为家里各种琐碎的事情而不能按时来上课。更有一些人对夜校缺少足够的热情，以为多识几个字既不能当饭吃，又不能当衣服穿，索性找各种借口不来参加学习。

遇到这种情况，伯父和王杰只好在夜校的学习结束后直接上门去教。所以，他们暂时还不能回家，还得继续跑，跑进某一户农家。

当一高一矮的两个人真正跑向自己家的时候，乡村小路上往往已经看不见一个人影，连猫狗的身影也看不见，乡村小路是那么空荡、寂寥、黑暗，只有那呼呼的寒风神经质地在乡村小路上肆意地刮着，刮得树梢发出尖啸的声音，刮得草屑飞到脸上。偶尔会传来喹啷的声音，大概是门窗什么的没有关好吧。

星星也好，月亮也好，被冻得在天上瑟瑟发抖。

伯父心疼王杰，担心他冻着了，晚上有时候会要王杰待在家里，别跟自己出来。

"不冷，一点儿也不冷！"王杰总是豪迈地对伯父说，好像真的一点儿也不冷。其实，王杰很冷，即使待在教室里，待在人家的屋里，他也感到双脚冻得几乎麻木了。自从开办了夜校，王杰的手上、脚上都生了冻疮，连耳朵也生了冻疮。夜晚躺在床上，那些冻疮患处遇到热气便奇痒无比，难受得很。

王杰之所以要对伯父说假话，是怕伯父下一次不带他出来了。

伯父是自己的老师，是自己的亲人，白天要教他们这些孩子，晚上还要教村里的大人，伯父多么辛苦呀！能帮伯父做一点儿事情，王杰觉得很开心，那些冻疮自然不算什么了。

这一年，王杰十岁。

一本连环画的故事

"……这时，黄继光全身多处负伤，弹药用尽。而敌人地堡里机枪不断地喷出火舌，让大部队无法前进。黄继光还能有什么办法呢？难道后退吗？只见黄继光顽强地向敌人的火力点爬去，一点一点地爬过去，在靠近那条疯狂的火舌时，他突然跃起，奋力地扑上去，用自己的胸膛死死地堵住了敌人的机枪眼……"

刘守庚老师在声情并茂地讲故事。

教历史的刘老师很喜欢讲故事。他常常给他的学生讲故事，讲黄继光的故事，讲董存瑞的故事，讲刘胡兰的故事，还有《三国演义》《水浒传》的故事。每次讲故事，他的身边都会一圈一圈围着好多学生。

刘老师有英雄情结。有一句话近乎是刘老师的口头禅："当初我要不是做老师，就奔赴沙场做战士了，说不定现在……"

下面的话刘老师没有明确地说出来，但是听众都能知道刘老师的意思。他们觉得刘老师要是真的做了战士，绝对是好战士，英雄战士。

在讲《水浒传》的故事时，刘老师不会忘记告诉他的学生："我们齐鲁大地可是一个英雄辈出的地方呀！"

在城关完小，这些学生没有见过有哪一位老师能像刘老师这样会讲故事。刘老师不但用嘴巴讲故事，而且那一双眼睛，那一双手，都在跟着讲故事。就像这会儿，刘老师双目闪闪发亮，放射出坚毅的光芒，他的双手紧紧握成拳头，似乎他已经成了黄继光。

在刘老师的听众里，王杰是很特殊的一位：他听刘老师讲故事的次数最多，只要他知道刘老师要讲故事了，几乎都不会落下。王杰往往听得最认真。当他听到黄继光扑向敌人的机枪眼时，他也会把小手握成拳头，眼睛里噙着泪水。当听到战士们在黄继光英雄壮举的激励下，迅速攻占"零号"阵地，全歼两个营的敌人时，他的小脸上露出了欣慰的笑容。

一个个英雄的故事，就像一粒粒种子播种进了王杰的心里。

刘老师喜欢王杰这位特殊的听众。王杰以华堌村小学第一名的成绩考进金乡县城关完小，那年他只有十二岁。一个只有十二岁的乡下孩子，离开家，离开父母，来到城里的学校读书，这可不是什么孩子都能做到的。王杰有乡下孩子的淳朴，而且肯吃苦，学习用功，爱读书。

城里的同学真正认识王杰，跟一本连环画有关。

王杰是从看过了那本连环画的同学嘴里知道的，并且知道那是一本讲英雄故事的连环画。可惜的是，这本连环画是别的班一位同学的，王杰跟那位同学没有任何交往。

王杰来到了那位男生跟前，请求他把那本连环画借给自己看看。

那位同学意外地看着王杰。

"我为什么要把书借给你看呢？"那个男生反问道。

说了这句话，男生撇了撇嘴。

王杰一时间愣在那里，这个问题确实是他没有想到的。不过，他很快说："我们是在一个学校上学呀！"

在一个学校上学，就算是同学。既然是同学了，借书看一看，那有什么关系呢？

两个人的一问一答引起了大家的注意，他们都看着王杰和那个男生。

男生似乎存心要逗一逗王杰。他的嘴角翘了翘，说："我可不认识你呀！你要是拿着书跑了，我到哪儿去找你呀？"

"我叫王杰，来自华堌村……"王杰还说了自己所在的班级，然后充满期待地看着男生，意思是说，你这下认识我了吧？"你放心，我保证不把你的书弄脏了弄坏了，看过了就还给你！"

"看来你是真想看书呀！"

"真想看！"

“可是，书是别人的呀，我也是借来的。”

“那能不能请你再借一次给我看？”

“哈哈，再借一次？为你专门去借？”男生的嘴角又翘了翘，带着几分不屑。这个叫王杰的男生不是他的同班同学，也不是他的朋友，他凭什么跟别人去借书给王杰看？

王杰豁出去了，说：“只要你愿意借，你要我做什么都可以！”

这一次轮到男生愣在那里了，他真没有想到这个叫王杰的同学会提出这样的交换条件，看来他是真的想看书了。

同学中发出好几声怪叫，有的同学鼓动男生答应王杰的要求。这个乡下来的孩子为了看一本连环画，真是什么也不顾了。

然而，男生能要王杰做什么呢？男生四下看看，他一时也没有想出什么能要王杰做的事情。这时别人给男生出了主意，要王杰替他背书包，替他扫地，替他洗饭碗。在城关完小，同学们中午带午饭在学校吃，吃过午饭，自己的碗筷自己洗。

男生征询的目光飞向同学，一些同学唯恐天下不乱地对他说:"你要他做,那可是他自己说的!"

不等男生开口,王杰痛快地说:"行,我替你做!"

说了这句话,王杰走了。

吃过午饭,那位男生拿着碗筷刚站起来,王杰就出现在他面前,伸出手说:"我给你洗碗!"

王杰竟然当真了!男生一时不知所措。

"给他洗!"

"给他洗!"

……

别人在旁边起哄。

那位男生反倒不好意思了,他不是地主老财,也不是公子少爷,他是新中国的少年,他怎么能要王杰给他洗碗呢?他连忙摆着手,自己去把碗洗了,不过,他答应王杰替他借书。

"你为什么这么喜欢看书呢?"男生很不理解地问王杰。

"我喜欢英雄的故事!"王杰认真地说。那份喜欢是发自内心的,英雄的故事总让他热血沸腾,他崇敬那些英雄。

“哦，我也喜欢英雄的故事呀！”男生说。

男生没有食言，他把那本连环画替王杰借来了，就凭王杰和他一样喜欢英雄的故事，他也应该借。

大雨中

　　初秋的天气总有些莫名其妙。这不，上午天空还艳阳高照，到了放学的时间，天空已经密布着乌云，那些厚实的乌云像被一股神秘的力量推着，赶着，前呼后拥地从西北方向急急地跑来。天空还不时闪过一道道金蟒似的闪电，滚过一阵阵沉闷的雷声。

　　这时，还刮起了大风。大风把校园里的纸屑卷到空中，把树叶卷到空中，使得它们在空中或高或低地仓皇飞舞着。

　　看样子是要下雨了。

　　城里的学生喊叫着，跑出校门，而乡下孩子则站在教室门口犹豫着，观望着，他们生怕半道上下雨，到时候连避雨的地方都没有。

王杰和同村的王伟川、周文福也站在门口。他们的想法是，最好等雨下过了再回家，这样一路上就不用提心吊胆了。

这时，不知从哪一间教室传来一声哐啷。不用猜，肯定是某一间教室的窗玻璃被打碎了。

冷不丁的这一声哐啷使得王杰一激灵，然后他便急忙反身进了教室。教室有三扇窗子没有关，王杰把它们关好了，又匆忙进了别的教室。

王伟川和周文福见状，也跟着王杰去教室关窗子。

所有的窗子关上了，雨还是没有下，风弱了一些，雷电也显得有气无力的样子。看来天也只是吓唬吓唬人而已，三个人走出校园往家走去。

在走到城北木提口时，随着一记惊天动地的炸雷，雨从天而降。

这雨岂不是存心捉弄人吗？要下就早一点儿下，怎么能在他们走到半道时下呢？三个人嘻嘻哈哈地跑到人家屋檐下避雨。豆大的雨点急急地砸到地面上，腾起一股股灰尘，很快，那豆大的雨点就变成了瓢泼大雨，地面上一下子就积了雨水，形成了蛇一样的水流，四处乱窜，几乎眨眼间地上就到处水汪汪的了。

雨下得又急又大。

"你们看——"忽然，王杰手指着雨幕中叫道。

王伟川和周文福顺着王杰手指的方向看去，他们看见了一个老人，他的衣服全湿了，紧紧贴在身上，他拉着一辆地排车，车上装着红薯。看得出老人用了全力，他的整个身子都弓了起来，可惜的是，老人的车简直像蜗牛一样，几乎看不出它在向前走，倒是看见车轮不时地向后滑去。

雨实在太大了。对于老人来说，这时他千万不能停下来，必须鼓足力气往前走，要不车把就可能脱手，进而失去控制，导致地排车翻到路边，而车上的红薯也会散落到地上。

王杰摘下书包，朝王伟川的手上一塞，跑进了雨幕。

"哎哎——"王伟川失声叫着，那只伸出去的手像是要抓住王杰。

王杰头也没有回，跑到老人的车后，使劲推起来。老人的车开始一点儿一点儿地朝前移动，老人感觉出车子后面有人在帮他推，他往后看了看，喘着粗气说了句什么。王杰没有听清楚老人说什么，老人的声音被哗哗的雨声盖过去了。

王伟川和周文福相互看看，眼睛中流露出这样的意思：我们去不去？

去，意味着淋雨，要被淋得像落汤鸡似的；不去，以后他们还怎么做王杰的朋友呢？以后要是提起这件事，他们必然要脸红。他们三个人每天一块儿上学，一块儿回家。在课间，只要看见其中的一个，就能看见另外两个，用同学们的话说，他们好得跟一个人似的。这时候他们俩要是真的一直站在屋檐下，无动于衷地看着王杰，那他们还是朋友吗？

"走，我们也去推！"两个人几乎同时说出这句话。

他们把三个书包放进这户人家，说好明天早晨上学的时候来取，然后跑进了雨中。雨一下子把他们浇得像落汤鸡。

当然，王杰早就像落汤鸡了。

大雨中

三个人的力量到底大呀，地排车像得到了命令，立刻利索地朝前行驶起来。车子走过坑坑洼洼的路，走过被水淹没的路，走过有着陡坡的小石桥，一直走到老人的村子大孙庄。

　　过小石桥时，充满了惊险。雨天的小石桥桥面打滑，脚下打滑，地排车的轮子也打滑，因而上坡时大家特别害怕车子倒退。车子真要倒退的话，那么车后面的人就可能被失去控制的车子撞倒，车子也极有可能从人的身上碾轧过去。

　　下坡时，大家要做的是阻止车子下滑得过快，尽可能地慢。这时前面的老人要抵挡着车子，增加车子下行的阻力，而后面的王杰他们不是推，而是要拉住车子，使车子一点儿一点儿地下行，竭力不让车子成为失去控制的野马……

　　下了小石桥，三个孩子和老人一句话也说不出，直喘粗气。他们身上的汗水和雨水混合在了一起。

　　老人感激得不知说什么好，他拿出三个红薯，塞到他们的手上："你们尝尝呀……"

　　看见手上的红薯，王杰他们才感到肚子是那么饥饿。

三个孩子没有跟老人客气，就着天上的雨水，他们胡乱地把红薯洗了一下，然后就津津有味地啃起来。红薯是那么脆，那么甜，这是三个人记忆里最好吃的红薯。

三个人到家的时候，雨停了，天也完全黑了，但是他们浑身上下还是湿漉漉的。

第二天，三个人都感冒了，流鼻涕，打喷嚏，头重脚轻。

别人很奇怪："你们昨天不是好好的吗？怎么忽然感冒了，还三个人一块儿感冒了？"

"我们是朋友呀！"三个人同时骄傲地说，还同时咳嗽起来。

有些事总让人想不到

　　张先生从菜市场出来，一路哼着民间小调，他的手上拎着一只活鸡。那只鸡不断地扑扇着翅膀，被人悬空倒拎着，鸡很难受，只是它丝毫不会想到等待着它的是什么。

　　与鸡相反的是，张先生心情很愉快，他刚刚领了工资嘛。

　　看见回家的张先生笑呵呵地拎着一只鸡，妻子自然也高兴，她赶忙上前接过张先生手中的鸡。

　　"又不过年过节，买鸡干啥呀？"妻子埋怨了一句，不过听上去却没有多少责怪的意味。

　　"路过菜市场，顺便买了一只草鸡，也不贵。你猜怎么着？两块钱的鸡，人家还多找了我一块钱。"

"那一块钱还给人家了吗？"

"当然还啦。你说，我怎么会昧下人家的钱？"

妻子知道丈夫一向不是一个贪图小便宜的人。

在妻子动手宰鸡前，张先生把手伸进口袋，他要掏的是这一个月的工资和粮票。妻子是一个会过日子的家庭主妇，节俭勤劳，家里的每一分钱，甚至每一斤面粉经过她的手都发挥出了最大的作用。所以，在家里，张先生乐于做甩手掌柜，由着妻子去掌握"经济大权"，而他则一心钻研他心爱的曲艺。

"啊——"张先生忽然惊叫了一声，脸色大变，好像那只手被口袋里的东西狠狠地咬了一口。

"你怎么啦？"妻子诧异地看着张先生。

张先生没有回答，两只手急速地在身上的口袋里掏着，掏了上衣的所有口袋，掏了裤子的所有口袋，都没有找到他要找的东西——他的工资和粮票。

妻子已经猜到了，说："你别急，慢慢找，是不是落在办公室的抽屉里，忘记带回来了？"

张先生脑门儿上的汗争先恐后地冒了出来——他的工资和粮票都不见了，它们是装在一个信封里的，信封是曲艺协会的专用信封。他清清楚楚地记得，下班前，他把那个信封从办公室的抽屉里拿出来，揣进上衣的口袋里了——他怎么可能让那个信封孤零零地留在办公室过夜呢？

妻子呻吟了一声，上前在张先生的口袋里摸，还把口袋翻了出来。

什么也没有。

"你，你，你……把钱丢啦？"妻子跺着脚，那只鸡被吓得在地上扑棱翅膀，"在哪儿丢的？快去找呀！"

张先生用手抹了抹脸上的汗水，说："你让我想想，你让我想想……下班的时候，钱在身上的，在菜市场，钱好像也在身上的……哎呀，我不记得了……那两块钱是从我裤子口袋里掏出来的，也不晓得在菜市场时钱还在不在了……"

妻子失态了："好好的，你买啥鸡呀？你就那么想吃鸡呀？这下怎么办？日子还过不过了？"

妻子的眼睛里噙了泪水。

张先生也后悔了：今天要是不买鸡多好呀，不买鸡，他就直接回家，直接回家了，钱和粮票就不会丢了。

不管希望有多小，出去找一找，是这时候他们唯一能做的事情。于是，两个人锁上门，急急地往菜市场奔去。

没有人管地上的那只鸡了，那只鸡困惑地扑闪着那一对珍珠般的眼睛。

卖鸡的人告诉他们，他没有看见那个信封，他也没有看见谁捡到那个信封。

于是，他们又急急地赶到单位。虽然信封落在单位抽屉的可能性微乎其微，可是万一张先生的记忆发生了偏差呢？为了这个"万一"，他们也要来看一看。

抽屉里倒是有一沓曲艺协会的专用信封，但是没有一个信封是他们想找的。

妻子的眼泪扑簌簌地滚落下来。接下来的一个月怎么过呢？读高中的儿子还等着交伙食费哩。

回到家，天色一片灰暗了，和两个人的心情一样灰暗。在开门的那一瞬间，一个黑影"咯咯"叫着蹿了出来，是那只鸡。在这期间，那只鸡挣脱了腿上的绳子，它已经在室内到处转了好久，想找到出去的地方。

"快抓住鸡！"妻子忙喊，那毕竟是花钱买来的。

可是，鸡到了外面，又怎么愿意被他们抓住？

丢了钱和粮票，还跑了鸡，两个人的心情说不出地糟糕。妻子开始认定那个信封是被扒手偷去了，然后咬牙切齿地大骂扒手不得好死。接着，妻子又认定信封一定是被卖鸡的人捡去了，那么多的钱和粮票，谁见了不眼红呀？他怎么会乖乖地把信封交出来？早知道就不该把那一块钱还给他。

妻子的这些话不是张先生爱听的。他倒希望那个信封是被人捡到了，而且那人还是好心肠的人，正想方设法把钱和粮票还给他。

"你还做梦？世界上有这样的好事吗？就是有，也不会落到我们头上！"妻子激愤地说。

世界上还真有这样的好事，而且还真的落到了他们的头上。

第二天，一个电话打到张先生的单位，那是城关完小打来的，说学校有两个学生捡到了一个信封，信封里有钱若干，有粮票若干，不知道失主是不是该单位的。

电话里所说的那两个学生是王杰和辛庆文。

昨天，轮到王杰和辛庆文值日。他们不但要打扫教室，还要负责打扫学校大门外的卫生。

扫了教室，王杰和辛庆文拿着扫帚和簸箕又来到学校大门口。

在大门西面的路边上，有一个信封静静地躺在那里。王杰最初以为是一个废弃的信封，就在他准备把信封扫进簸箕里时，却发觉信封有一定的重量，于是就把信封捡了起来。王杰感觉里面真的有东西，他对辛庆文说："辛庆文，你看，谁把信丢了？"

王杰以为那一定是信，信封里面自然是信笺。

"肯定是刚刚丢的，我们找找看！"辛庆文说。

两个人沿着路一边跑，一边喊："谁丢了信？谁丢了信……"

没有人来认领这封信。

"要不，我们看看信吧……"王杰对辛庆文

说。如果是一封很平常的信，可能说明信的主人不要了。

辛庆文说："我们看看！"

信封没有封口，王杰把手伸进去，掏出来一看，两个人都傻眼了：这哪里是信呀？分明是钱和粮票。

"我的天，这么多钱呀！"辛庆文不由得惊呼了一声。

里面一共有三十元和二十六斤粮票。

两个人从来没有见过这么多的钱和粮票。那时，一分钱可以买一颗糖果，一毛钱可以买一本书，一块钱可以买二十五斤大米。粮票就更不用说了，没有粮票就买不到面粉，买不到大米。

王杰急忙把钱和粮票又塞进了信封里。

王杰说："等会儿人家发现钱和粮票丢了，一定会很着急！"

"是呀，说不定人家已经回头来找了！"辛庆文朝学校西边的奎星湖公园方向看看，似乎失主就在那里，他正火急火燎地跑来。

两个人就在学校大门口等着。

校园里的孩子早走光了，太阳的最后一道光线也从天边消失了。辛庆文问王杰："要是等不来人怎么办？"

再不回家，家里大人就该担心他们了。

"我们还是交给老师吧！"王杰说。

两个人急忙朝老师办公室跑去。

就这样，那个信封分文不少地回到了张先生的手中。张先生骄傲而得意地对妻子说："我怎么说的？你还不信，看看你说的那些话！"

妻子不好意思地笑了。

亲爱的马

一匹雄壮的战马，战马上有一个魁梧的士兵，他们都目光炯炯地盯着前方的硝烟。这时，嘹亮的冲锋号吹响了，只见士兵一抖缰绳，战马长啸一声，腾空而起，在隆隆的枪炮声中，勇往直前……

王杰一直忘不了这一画面，这是他看过的电影中的一个镜头。士兵是战场上的英雄，战马是马中的英雄。

王杰从此喜欢上了马，喜欢天下所有的马。

王杰属马，妈妈经常亲昵地叫他"俺的小马驹"。生产队也有马，生产队的马都是普通的马，它们一直没有机会上战场做英雄的战马，它们和牛、骡子一道种地，拉车，勤勤恳恳，任劳任怨。

不是英雄，王杰也喜欢它们。它们吃的是草，住的地方远没有人住的条件好，生产队的会计也不给它们记工分，但是它们从来不抱怨什么，让它们做什么，它们就做什么，它们出的力气要远远大于生产队的每一个社员。

王杰经常在放学回家的路上，拔一些鲜嫩的草去喂生产队的那些马。星期天，王杰会帮饲养员去放马，还为马梳理身上的毛。那些牛、骡子也跟着马沾了不少的光。村里总有一些孩子"欺负"马，有的喜欢骑到马的身上，而不管马累不累；有的用泥巴砸马，而不管马会不会疼；有的用树枝抽马，好像把马吓了一跳，就感到开心……

只要遇到这种情况，王杰都不会袖手旁观。

"那是生产队的马呀，马为我们做了多少事情呀，你怎么能这样对待马？如果你是马，如果别人这样对待你，你乐意吗？……"

王杰的话往往让别人感到羞愧。

对于爱马的王杰来说，成为马的"救命恩人"，还会有什么奇怪吗？

那是一九五七年春夏之交，老天简直像发了疯一样，把天河的水一个劲儿地往下倒，于是，池塘的水漫了出来，小河的水漫了出来，庄稼地被淹了，水还直逼村子而来。那些不知发生了什么事的鱼儿竟然跑进水汪汪的庄稼地，在里面翻着浪花，撒着欢儿。

到处是水。

这一天，放学回家的王杰除了书包，浑身上下都湿漉漉的，他是蹚着水回来的，许多路都被水淹了。书包里有王杰学习的课本，它们是无论如何不能被雨淋了的。此刻，王杰最想做的事情就是回家把衣服换了，换上干爽的衣服。

然而，在经过生产队的仓库时，王杰看见水正漫向仓库，仓库的墙体是土坯砌的。要不了多久，水就会把仓库包围起来，然后水还会透过门缝、墙壁上的耗子洞钻进仓库里。仓库里有粮食，有种子，有化肥，还有农具。

王杰立刻去找仓库管理员，把这一情况告诉了他。

在经过家门口时，王杰丢下书包，然后跟着顶着一件蓑衣的管理员火急火燎地往仓库赶。管理员看了看仓库，把蓑衣朝王杰的手上一塞，说了句：
"俺去叫人！"然后跑进了雨幕中。

这时候唯一的办法就是把仓库的所有物资转移出去。

王杰留了下来，在等待社员赶来的同时，他也没有闲着，用泥巴、砖头在仓库的门口，筑起了一道拦水坝，把那些进水的耗子洞堵了起来，尽可能不让水漫进去。

等社员们赶来时，王杰又和社员一道搬运仓库里的物资。

雨水一点儿也不顾及华埤村社员的心情，天上下着瓢泼似的大雨，而地上的水位不断地上涨，水终于漫到了乡村小路上……

乡村小路边的那些民居绝大部分都是土坯墙，接下来可能的结果是，土坯禁不住雨水的浸泡而倒塌，真要倒塌，那可是人命关天的大事。

转移！只有转移！只有在房屋倒塌之前，让所有人离开村子才行。于是，生产队队长做出了紧急决定：所有社员立刻离开华埤村，赶到地势较高的万福河河坝上去，越快越好，能不带的东西，尽可能不带！

灾情就是命令，整个华埛村立刻开始了大转移。

在转移中，生产队的一匹马被遗忘在马棚里。不能完全怪饲养员粗心，那是一匹受伤的马，行走有所不便。饲养员原本打算先把其他的牲口转移走，等会儿再来把受伤的马牵走。没想到生产队队长的紧急决定，让饲养员一时忘记了还有一匹马遗留在马棚里。

被遗忘在马棚的是一匹枣红色的马，它预感到了危险的逼近，正焦躁地甩着蹄子。就在这时，王杰闯了进来。王杰浑身湿淋淋的，像是刚从水里出来一样，他大口大口地喘着气。

看见王杰，马一下子安静下来。马安静下来可能是因为它知道，王杰爱它们，一个爱马的少年怎么可能会在危急关头忘记它们呢？

"别怕呀，我来了！"王杰拍拍马的脑门儿，然后解下缰绳，牵着马走出马棚。

如果马会说话，马肯定要对王杰说："你上来吧，骑到我的背上吧，我那点伤算不了什么。"

说实在的，王杰这时真的很想骑到马背上。从回到村里到现在，他一直没有闲着，现在的他饿得发慌，双腿发飘，似乎随时都可能摔倒。

但是，王杰一直牵着马，没有骑到马的身上。王杰也没有催马，只是跟马一起慢慢地往前走。

赶往河堤的时候，发生了一件惊险的事情。

尽管王杰对脚下的路熟悉得不能再熟悉了，但是大水把一条条路都"藏"了起来，王杰只能凭记忆走。走着，走着，王杰忽然感到自己的脚踏空了，还没等他回过神，整个人一下子就掉进了两米多深的路沟里。

值得庆幸的是，王杰的手一直抓着马的缰绳。

那匹马怎么能看着它的救命恩人掉进路沟不管呢？于是，枣红马使劲甩着脖子，借助缰绳把王杰甩了出来。

那一年，王杰十五岁。

此后，那匹枣红马一看见它的救命恩人王杰，就感激地看着他，只要王杰到了它跟前，它就爱用脑袋轻轻地蹭蹭王杰，甚至伸出舌头舔一舔王杰的手。

这是马无声的语言，王杰听懂了。王杰常常对那匹马说："我应该感谢你，你才是我的救命恩人呀！"

那一张月亮般的笑脸

起因跟清理万福河河道有关。

万福河是横贯鲁西南的一条干流，已有两千多年的历史。每到夏天和秋初这段时间，金乡地区雨水总是特别多。这么一来，万福河的河水就可能成为"定时炸弹"，因为那时候河水猛涨，极有可能决堤，淹没农田和村庄。

清理河道是为了增强河道的泄洪能力。

这一年的七月，金乡县遭遇百年不遇的特大洪涝灾害，许多村庄被淹，秋季的庄稼严重歉收。秋收秋种一结束，政府部门便组织开展了清理万福河河道的工作，该清淤的清淤，该挖深的挖深，该拓宽的拓宽。

华垌村负责清理的河道在于楼村一带。民工每天一大清早出现在工地，到日暮时分才回村里，中午不回来，直接在工地上吃饭。

这一天是星期天，王杰也来到工地，他希望能帮帮爸爸。爸爸是华垌村伙房的厨子，跟同村的吴子源一起为民工做饭。

伙房一时没有什么事情可做，吴子源就要王杰替他买一包香烟来，吴子源烟瘾比较大。

王杰拿着吴子源给的钱，来到于楼村乡村小路上。王杰这是第一次来到于楼村，他也不知道哪里卖香烟，便边走边东张西望。

突然，一个声音响了起来："你找谁？"声音里透着点警惕。

王杰循声一看，是一个女孩子，她手上抓着一把扫帚，正用那双大而明亮的眼睛盯着他。是不是把他当小偷了？

女孩子干净而清秀，十四五岁的样子，王杰感觉好像在哪儿见过她。她有一张圆乎乎的脸，也许是晨光映照的缘故，那张饱满的脸微微地闪着红光。

"我，我……买烟……"王杰不自在地说。

"买烟？不会是你自己抽吧？这么小的人儿竟然抽烟！"女孩伶牙俐齿地说，一点儿也不怕生。

王杰的脸红了，忙说自己不抽烟，是替他们村里的吴子源买的，吴子源是大人，帮民工做饭。

女孩子咯咯地笑了，然后告诉王杰怎么走。

王杰走了五六步，突然感觉有一道目光粘在后背上，便回了一下头，女孩子果然在看他。

王杰慌张地扭过头。

又是一阵咯咯的笑声，然后飞来一句话："我好像在哪儿见过你！"

女孩子的名字叫赵英玲。

这个平常的早晨，后来被赵英玲永远地记住了，在她坠入刻骨铭心的痛苦时，她就一次次地回忆这个早晨，试图从中获得一点点的甜蜜。然而，每一次的回忆非但没有带给她甜蜜，反而使她陷入更深的痛苦之中。

傍晚回家的时候，王杰再一次看见了赵英玲，那时赵英玲抱着一捆柴草，大概是准备烧晚饭吧。

赵英玲冲王杰笑了笑，算是打招呼。

人家都冲他笑了，他要不主动说话，那就说不过去了，于是，王杰这次主动说话了，他说他也好像在哪儿见过她，然后问赵英玲在哪儿上学，读几年级，叫什么名字，完全是大哥哥的口吻。

　　王杰提醒自己说话不要脸红，但他的脸还是红了。没有办法，王杰是一个腼腆的男生，在女生面前话很少，往往还没有跟对方说话，脸便红到了耳朵根，真说话了，也会说得磕磕巴巴。但是，此刻王杰在跟赵英玲说话时却没有这种情况，简直是超常发挥了。

　　"我也好像在哪儿见过你"，王杰的这句话让赵英玲心里一动，然后她回答了王杰的问题，王杰没有问的，她也回答了。比如，由于是女孩子，赵英玲比别的孩子晚了两年才上学，要不是她闹着要上学，家里很可能都不让她上。

　　"还是你们男孩子好！"当听说王杰在城关完小读书时，赵英玲羡慕地说。

　　这一次赵英玲没有咯咯地笑，而是微微笑了笑，就在王杰转过身的时候，冲着王杰的背影。

　　以后的事情有些奇怪，赵英玲似乎总能看见王杰，而王杰似乎也总能看见赵英玲，而看见的次数最多的是在万福河的河岸上。

于楼村与华堌村就隔着那条万福河，于楼村在下游，华堌村在上游。有时候，在早晨，赵英玲会看见河对岸匆匆去上学的王杰的身影；有时候，在傍晚，王杰会看见赵英玲回家的身影。这时候的赵英玲显得比较悠闲，还会轻轻哼着歌，那歌声悦耳动听。

赵英玲是一个比较活泼的女孩子，有时候她会在河那边冲河这边的王杰挥挥手，说"上学去呀"或者说"回家啦"。

那时候，王杰也会冲赵英玲挥挥手，打一声招呼。

在挥手的时候，王杰的心里往往会升起一种别样的甜蜜。

赵英玲在王杰面前说过这样一句话："我怎么总看见你？"

其实，这也是王杰想说的。

王杰不想说的是，他的脑子里不时闪现出赵英玲那张笑脸，那是一张月亮般的笑脸，已经出现在他的梦里了。

最初是妈妈看出了王杰的"异样"。一天早晨，妈妈看见王杰对着镜子梳头，还对镜子里的自己笑了，有几分的甜蜜，也有几分的得意。于是，妈妈想到王杰婶婶对她说的一句话："俺们家的小芳对于楼村的一个小姑娘有意思了……"

"小芳，你是不是喜欢上于楼村的那个姑娘啦？"妈妈这一天开门见山地说。

王杰的脸唰地红了，马上掩饰般地说："我们……就是认识而已……"

"认识好呀，认识好说话！"妈妈按照自己的思路说。

在妈妈看来，儿子的脸红已经说明了一切，于是，妈妈找了一个机会，托人去于楼村说亲。

在那时候的乡下，指腹为婚，娃娃亲，未满十八岁就结婚生子，是很寻常的事情，而妈妈自己也是在十五岁那年嫁给王杰爸爸的。

王杰听了妈妈托人说媒的事，吓了一跳：这怎么行？他还这么小，他还要读书，他还要当解放军，他怎么能有媳妇呢？

妈妈说："又不是要你马上成家，你怕什么呀？妈打听过了，人家可是一个难得的好姑娘！"

在妈妈的想法里，定下了亲，赵英玲就算是王家的人了，以后就不用担心别的人家惦记她了。

就这样，不管王杰愿不愿意，赵英玲成了他的未婚妻。

不过，妈妈没想到的是，两个人的关系不但没有因此亲起来，还一下子别扭了。在万福河的河岸上，两个人几乎看不到对方了。即使偶尔见面了，他们也只有脸红，都不知道说什么话好，假使有别人在场，他们就当不认识对方一样。王杰还"威胁"他的伙伴："你们千万别把我跟赵英玲的事说出去，要不到时候请不要怪我不跟你们做朋友！"

妈妈真是多事，要不是这样，那我还能跟赵英玲说说话！王杰在心里埋怨过妈妈。

永远的十七岁

午后。

秋日的太阳明媚地照耀在高河的河堤上，照耀在那些苍翠的草上，照耀在草丛里那一座座坟上。坟很简陋，是不起眼的土包，似是匆忙中堆积起来的，似是受岁月的风雨侵蚀而成了今天这个样子。沿着河堤，三座坟包为一排，有三十多座坟。有白粉蝶轻盈地在坟包之间来回地飞，似乎在诉说着什么，似乎在表达着不舍。而高河河面波光粼粼，静静地流淌着，河边那些芦苇的苇絮不时飘飞起来，如同小雪花，如同无数的小精灵。

原本有说有笑的中学生们，这时都不由得放轻了脚步，不由得闭上了嘴巴，目光凝重地看着那些坟包。他们有一种错觉，在坟包下面，那一个个英灵正等着他们的到来，等他们来把自己带去应该去的地方。

"请别伤害那些白粉蝶呀！"一个齐耳短发的女生说。她想得很简单，是那些白粉蝶陪伴着坟包下面的英灵度过了一个个寂寞的白天和黑夜。

不要说白粉蝶了，连脚下的草，他们都不忍心伤害。

王杰是这些中学生中唯一的小学生，他是跟辛庆文来的。

辛庆文是城里的孩子，在金乡一中读初中，而王杰在城关完小读书。两个人的交往跟书有关，王杰借过书给辛庆文看，辛庆文也借过书给王杰看，而且王杰还去过辛庆文家几次，听辛庆文的爸爸妈妈讲抗战的故事。

听辛庆文说了他们学校今天的行动，王杰便跟着过来了。

"你怕不怕？"来之前，辛庆文问王杰。

王杰反过来问："怕什么？"

辛庆文犹豫了一下，说："那个……幽魂呀……"

"就是有幽魂，那也是英雄的幽魂！"王杰说。

就凭王杰的这句话，辛庆文也得答应带王杰来，他还给王杰准备了锹和蒲包。蒲包是用来装烈士遗骸的。

坟包的下面都埋着英烈，他们是在金乡保卫战、羊山战役中壮烈牺牲的战士。由于当初是在战争中掩埋的，因此埋得比较仓促，如今上级部门决定在羊山建烈士纪念馆，要把烈士遗骸迁往秀丽的羊山风景区，安葬在烈士陵园里，那里将是他们的"新家"，所有的英烈都将聚集在一起，让一代一代的金乡人记住他们，缅怀他们……

这是英烈应该得到的归宿。

对于王杰和那些中学生来说，这是他们应该做的。

村里的一位干部对大家提出了要求：下锹一定小心，不能把烈士的遗骸挖碎了，更不能把遗骸落下。

王杰看到有一位老大爷恭敬地给那些坟行礼。

在动锹之前，王杰模仿老大爷的样子，虔诚地给他面前的坟行了一个礼。不久，王杰压低声音冲辛庆文喊起来："庆文，你来，你快来——"

辛庆文来到王杰那里。

王杰把一颗颅骨捧到辛庆文跟前："你看，这位烈士的眼眶上还卡着一颗子弹呢，要不要拿下来？"

"这……"辛庆文拿不定主意。

这时，那位老大爷走来了。他接过王杰手上的颅骨，看了看，然后把颅骨紧紧地抱在怀里，两行眼泪滚落下来，喃喃地说："小代，小代呀……"

王杰和辛庆文面面相觑。

"大爷，您是不是认识他？"王杰问。

老大爷擦了擦眼泪，点点头。

"大爷，您能不能给我们讲讲他？"王杰向老大爷请求道。

老大爷再一次点点头。老大爷并没有马上讲，而是等自己心情平复下来才讲。

不知道小代是哪里人，老大爷只知道小代十六岁就参加了解放军，是营里的通信员，大家都叫他"小蛋蛋"。小代在老大爷家住过，他是一个勤快的小战士，帮老大爷打水，扫院子，洗衣服……什么事情都抢着做，好像浑身有使不完的劲。

那一天晚上，营长叫小代到北门通知攻城的部队撤出，转移。在完成任务回来的途中，小代不幸中弹倒了下去，罪恶的子弹正打在他的眼眶那里。由于当时战地的救护所条件太差，子弹没有及时取出来，最终小代在痛苦中牺牲了。

小代牺牲前说的最后一句话是："我要回家……"

讲完了小代的故事，老大爷小心地拔出了那颗子弹，并且说："小代，这下好啦，头不疼啦……我们回家呀……"

不知为什么，听到这句话，王杰的眼泪唰地流了出来，辛庆文的眼泪也流了出来。

你好，小代哥，我把你送回家呀……王杰心里默念着，把小代的一块块遗骸放进蒲包里，他还在小代的脚底下发现一块瓦片，上面写着：二野三纵队通信员，十七岁，刘思代。

在每一座坟包里，在每一位烈士的脚底下，都有着这样一块瓦片，瓦片上用红漆写着他们生前所属的部队、家乡、年龄、姓名。

刘思代脚底下的瓦片上没有写明家乡。

十七岁，只是比王杰大两岁。要在今天，刘思代依然是一个孩子，他应该坐在明亮的教室里读书，应该在宽大的操场上玩耍。可是，刘思代十六岁就远离了父母，远离了家乡，跟着大部队穿梭在枪林弹雨中，然后来到了金乡，献出了自己年轻的生命。

一块瓦片，简单的两行字，远远不能记录刘思代的全部。

刘思代，刘思代……王杰在心里喃喃自语着，眼泪又止不住地流出来。

王杰无法知道刘思代的样子，他只能想象，想象刘思代是一个快乐、帅气的小伙子，他勇敢，是不怕牺牲的战士，是英雄。

在王杰的心里，刘思代就是真正的英雄。

王杰第一次感到自己是那么幸福，是一个幸福的学生，明年他将成为一个中学生，继续做一个幸福的学生，而十七岁的刘思代则永远地长眠在金乡的大地上。

"我们今天的幸福生活是革命先烈用鲜血和生命换来的！"王杰对这句话有了深刻而形象的体会。

"我愿意留下"

离开家乡，到外面谋生！

做出这个决定，对王杰的父亲王儒堂来说，是一件无比揪心的事情。谁愿意离开生养自己的故土呢？家就像一棵参天大树，它的根已经深深扎进脚下的大地，并且与其他的树盘根错节地缠在了一起，现在要把树连根拔起，那种疼痛与不舍，可不是一般人能承受得了的呀。然后，他们去做浮萍，被命运的水流冲着，冲到哪里算哪里，等待他们的将是什么？是饥饿，是疾病，还是凶险？谁也无法预料。

作为一个男人，一个山东汉子，王儒堂不得不这么做。

王儒堂共育有六个子女，六个孩子正是长身体的时候，一个个特别能吃。说句不中听的话，在华坰村，如果完全凭王儒堂和妻子两个人的力量来养活这六个孩子，那几乎是不可能的。幸运的是，他们沾了大家庭的光，沾了王杰的伯父和叔父的光。也就是说，是王儒堂的哥哥和弟弟在帮他养活这些孩子。

王儒堂不是一个自私自利的人，这个大家庭的所有难处他都看在眼里。这个家庭不能跟着他一起吃苦，必须有人做出牺牲。在兄弟三人中，还有谁比他更应该做出牺牲呢？那六个孩子都是他的孩子，他责无旁贷。

那时候，三年严重困难已经初露苗头。他们和华坰村的所有人家一样，即将面临巨大的生活困难。

所以，举家离开华坰村，逃荒到别处，是唯一一个可行的办法，已经有人家这么做了。一个大家庭要是一下子少了那么多张吃饭的嘴巴，对于别人来说，也算是减轻了许多生活压力。

在临行前夕，王儒堂又遇到了一件棘手的事

情。这件事是王杰的大伯母主动提出来的：王儒堂有六个孩子，留一个孩子给他们。

这是一个于情于理都不为过的要求。王杰的大伯王廉堂一直没有子女，按照乡下习俗，作为王家长子的王廉堂必须有一个孩子，哪怕是过继来的孩子。其实大伯母也有"私心"，留下的这一个孩子，将是王儒堂一家的挂念，有了这份挂念，这一家人就不会忘记故土，不会忘记他们，说不定等生活好过了，他们会重新回到华垌村。大伯母还是喜欢一大家子人和和美美地生活在一起。

王杰的妈妈很爽快地答应了大伯母的要求，大伯和大伯母对她的所有孩子一直视如己出，无论留下哪一个孩子，她都放心。

可是，留下哪一个孩子呢？

每一个孩子都是妈妈的心头肉，妈妈当然希望所有的孩子都留在她的身边，可是答应了大伯母就不能反悔，否则就是不仁不义。

妈妈悄悄地一个一个孩子问，问他们谁愿意留下来。

姐姐不愿意留下来，弟弟不愿意留下来……哪一个孩子都不愿意留下，留下来就意味着从此天各一方，就意味着从此享受不到父母的疼爱，享受不到兄弟姐妹的疼爱，甚至可能还要过更加艰苦的日子。

问到王杰时，王杰抓着脑袋，问妈妈："我们不走不好吗？以后我每一顿饭少吃一点儿，你也不用再给我做新衣服和新鞋！"

妈妈苦笑：王杰是在说傻话了。

那些天里，大伯母看王杰的目光有一些特别，王杰说不出到底特别在什么地方，每次大伯母的目光飞过来，他的心里便有些发慌，还有些不忍。后来，大伯母说的一句话，让王杰明白了大伯母眼睛里让他心慌和不忍的是什么。

"小芳，到了外面，你会想大伯和俺吗？"那天大伯母紧紧抓着王杰的手，眼睛盯着王杰问。王杰感到那双手微微颤抖着。

大伯母没有问过别人这个问题，独独问他。

王杰说想。

"要是把你留下……"大伯母没有往下说，好像想要王杰自己来说。

那一瞬间，王杰明白了，大伯母是想他留下呀。

"我，我……我愿意留下！"王杰说。

"真的吗？"大伯母的眼睛闪闪发亮了。

"真的！"王杰轻轻点点头。

大伯母一把搂过王杰。

接着，王杰对爸爸妈妈认真地说了他的决定："我愿意留下！"

大伯教他学习文化，他做过大伯的小助手，他常常像大伯的尾巴一样，跟着大伯一路来一路去。大伯还给他讲过好多故事，讲过好多道理。在这个家里，他们既是师生，又是伯侄，他与大伯之间早就情如父子。他跟大伯都是读书人，他们有许多共同语言。他真要离开大伯的话，大伯会舍不得他，他也会舍不得大伯；大伯会想念他，他也会想念大伯。他为什么就不能留下来呢？等他长得更大一些，他可以去看爸爸妈妈他们呀。在六个孩子中，他是最应该留下的。他要是不留下，就得别人留下。

王杰以过继给伯父的名义留了下来。

分别那天，王杰一再告诉自己：你不能哭，你要是哭了，大家都不高兴！

王杰果然没有哭，他的脸上始终挂着笑容。他一大清早就起床了，忙着帮爸爸妈妈收拾东西，也没有忘记以哥哥的身份嘱咐两个弟弟和两个妹妹："你们在那边要听爸爸妈妈的话，要好好读书，别净想着玩……"

王杰的这一席话，其实是爸爸妈妈昨天对王杰说的，王杰只是把话中的"大伯大伯母"改成了"爸爸妈妈"。

王杰的样子一点儿也没有依依不舍，不但没有，看上去好像还很开心，好像爸爸妈妈他们只是出一次远门，过几天就回来了。

当爸爸妈妈他们的身影越来越小，最后模糊在天边的时候，王杰的眼泪才如同决了堤的万福河河水，汹涌而出。

那一刻，他的心里空了，他像一个纸人儿，随时随地会被风刮走。

一只大手揽住王杰的肩头："王杰，委屈你了……"

是大伯。大伯的眼眶也湿润了。

王杰想掩饰什么，大伯却说："没关系，想哭就哭吧。"

王杰擦了擦眼泪。

后来，王杰的爸爸妈妈一家到了内蒙古阿荣旗，并且在那里安下了家。在很长时间里，王杰用一封封书信表达着他对亲人的思念。

赤脚风波

　　操场上有一个个小水汪，像是遗落在那里的一面面镜子，在九月阳光的照射下闪闪发亮。而那些小草由于吸足了水分，又没有一只只脚的踩踏，因此挺直了腰杆子，绿得生机勃勃。

　　那小水汪是昨天下雨留下的。

　　上午最后一遍铃声响过之后，从各个班教室拥出来的学生拿着吃饭的筷子和盆子，纷纷朝食堂跑去，早一点儿过去，可以早一点儿吃上饭。

　　绝大部分同学走的是操场边上的路，这也是学校规定的，雨后不可以在操场上面行走，因为操场的泥土是黄泥土，没有水分的时候，它们非常干硬，但是在吸足了水分之后，它们又会是另一种可怕的形态，特别黏，特别稠。尽管雨后的操场看上去没什么不同，平平坦坦，但是一旦你的脚踩上去，你马上就会发现被它欺骗了，这时候你的脚不但不容易拔出来，而且鞋上面还会沾满黄泥巴，甩也甩不掉，地上则会留下深深的脚印。等操场干了，如果没有人及时把脚印填平，那些脚印便会一直留在上面，使得操场坑坑洼洼。

这也是下雨之后学校不做广播操、不上体育课的原因。

除了初一新生，金乡一中的同学都知道操场的这一特点。

顺着操场边的路线走，从教室到食堂的距离是一千五百米左右。如果从操场上直接穿过去呢？如果操场是干硬的，那肯定能节省一些时间，但现在就另当别论了。

可是，偏偏有同学忽视操场的欺骗性。

毫无疑问，这种情况大多发生在初一新生身上，他们还没有来得及了解操场的"真面目"。

同班的理着齐耳短发的女生走在王杰的前面，当她的双脚走上操场的时候，王杰竟然也稀里糊涂地跟着"短发"走了上去，真不知道那一刻他脑子里想什么呢。

城关完小的操场跟金乡一中的操场差不多，王杰应该是知道的。

当王杰的一只脚一下子陷进了稀软的泥巴里时，他顿时意识到他犯了一个不该犯的错误，于是，他急忙拔出那只脚，退到了操场边铺着一层煤渣的路上。可惜，王杰还是拔得迟了，干净的鞋上面已经满是烂泥巴，甚至都沾到了脚面上，即使王杰使劲跺着脚也无济于事。

有同学嘻嘻笑着。有人还说，放着好好的路不走，跑到操场上面干什么。

"你怎么回事？"同村的周文福冲"短发"努了一下嘴问王杰，他好像怀疑王杰跟"短发"商量好一起从操场上面走一样。

这要王杰怎么回答呀？王杰懊悔地"唉"了一声。

再看"短发"，她的情况更糟糕，她的两只脚都陷在烂泥巴里，像是被吸住了，走也不是，退也不是。也不知是因为窘迫，还是因为被同学笑话，

"短发"的那张脸变得通红通红的。

看见王杰看着她，"短发"一下子找到了出气筒："看什么看？都怪你，你为什么不拦着我？"

王杰张口结舌：怎么还怪上了他？难不成是他要她走操场的吗？要不是她，他的一只鞋也不会脏。

周文福替王杰打抱不平了："王杰要你走操场上了吗？"

"短发"立刻回了周文福一句话："你少管闲事！"

正赶去食堂的同学一个个乐不可支，有些同学还真以为"短发"这个样子是王杰造成的。

"短发"不能一直站在那里，她只得拔出脚，挽起裤脚，赤脚走到操场边，那两只鞋被留在了烂泥巴里。

煤渣路硌脚，"短发"尽可能踮着脚，尽可能踩在路边的草上。由于心情不好，"短发"恶声恶气地对王杰说："去给我把鞋拔出来！"

王杰迟疑了一下，忙脱掉脚上的鞋，赤脚走过去，替"短发"把那两只鞋拔了出来。那是一双塑料凉鞋，还是新的，可这时看见的只是两坨黄泥巴。

王杰抱歉地把黄泥巴放到"短发"的脚下。虽然黄泥巴不是王杰糊上去的，但是设身处地地想一想，无论什么样的女生，要是遇到这样的事情，心情都不会好。

看着两坨黄泥巴，"短发"一时不知道怎么办。她要不要拎着它们赤脚去食堂吃饭呢？可就是别人不介意，她自己也介意呀，她已经不是乡下放牛娃了，她可是金乡一中的学生呀。

王杰小心地对"短发"说："要不，我替你把饭菜打回来，你去把脚和鞋洗一洗？"

也只能这样了。"短发"把饭票、饭盆交到王杰的手上。

王杰试图把他自己的那两只鞋带到食堂时，"短发"说："你的鞋给我，我替你洗了吧。"

"短发"拎着四只鞋，去了水池那里。王杰赤脚朝食堂走去，尽管他很小心，还是不时地感到脚底被煤渣硌得生疼。到晚上洗脚时，王杰发现脚底的皮都被硌破了。

把饭菜端到教室的时候，王杰看见了自己那只被泥巴糊上的鞋，鞋被洗干净，放在门外阳光下面晒着，另一只鞋已经放在课桌下面了。"短发"的那双凉鞋已经洗干净，被她穿到了脚上。

男生替女生打了饭，女生替男生洗了鞋，联想到"短发"冲王杰说的那句"都怪你"的话，是不是有一个故事已经悄悄发生了？

每一个走进教室的同学都要看看门口的那只鞋，然后暧昧地笑一两声。

对于别人的笑声，"短发"没有任何表示。她一直没有对王杰说一声"谢谢"，她不过是用洗鞋这件事表达对王杰的感谢罢了。

"短发"没有表示，王杰自然也不会说什么。王杰赤着脚一直到放学，那时鞋依然没有干透，没有干透的鞋被王杰穿到了脚上。

也不知怎的，这件事传到了隔壁班的王校田那里。王校田跟赵英玲同村，他跑来质问王杰，问王杰是不是喜欢上了别的女生，那赵英玲怎么办。

王杰被王校田问得很不高兴。他一个有未婚妻的人怎么会再去喜欢"短发"？再说那件事跟所谓的喜欢丝毫没有关系呀。

"你别胡说，那是流氓做的事情，你看我像流氓吗？"王杰说。

一个男生应该做的

说实话，大家一开始并没有把王杰放在眼里。

金乡一中创办于一九四〇年，原名湖西中学，是县城最好的一所学校，同时也是一所具有革命传统的学校。它曾经经历了抗日战争和解放战争的艰苦岁月，培养了大批的优秀人才。

能考进金乡一中的同学，都不是等闲之辈。

王杰虽说是从城关完小考进来的，但他毕竟是一个乡下少年，不善言辞，也不善于表现自己，很多时候，他都把自己固定在座位上读书、做作业。他有些羞涩，也似乎有些怯弱，别人真看不出他有什么特别的地方。这样，王杰不可避免地要被一些自负的目光所"忽视"。

同学们知道王杰已经十六岁了时，都有些惊讶：怎么十六岁了才上初中呀？

王杰不好意思地说，他生过病，休学过两年，还复读了一年，就这样把学业耽搁了。

要不是那天"短发"走进雨后的操场引发的小风波，王杰很可能要继续被他的同学所忽视。那场小风波让大家忽然注意到了王杰，并对王杰有了一个评价：到底乡下来的，有些傻乎乎的，换了别人才不会做那种出力不讨好的事。

不过，同学们很快就知道了他们的这一评价是多么肤浅。

王杰所在的班有些特别，特别之处在于，全班五十二个人中，连同王杰在内，男生只有四个人，其余都是女生。女生多了，气势自然就旺盛，许多时候四个男生被淹没在一片花摇枝颤中，可以忽略不计。女生一旦叽叽喳喳起来，一旦嘻嘻哈哈起来，四个男生只有唯唯诺诺的份儿。

曾经发生过这样的事情，女生要谈女孩子方面的话题，她们直接命令四个男生出去，随便去哪儿都行，就是不允许待在教室里。

四个男生只得乖乖地来到外面，相互无奈地笑笑。

但是，女生多了，也有一个显而易见的弱点，就是轮到出力气的时候，女生的力气怎么也不能跟男生相比。

除了体育课、运动会，学校的食堂也是一个很能显示男生力量的地方。尽管规定打饭需要排队，但是当全校的同学都拥向食堂的时候，食堂难免会乱，难免会有男生趁机添乱，他们只需要将臀部微微一拱，将肩膀稍稍一顶，就可以轻易地插进队伍里了，虽然会招来一些女生不满的责骂，但相比于早一点儿吃上热乎乎的饭菜，那骂声完全可以当耳边风了。

后来，学校意识到了这一点，便改进了做法：每个班配备了一个大木桶，一个大铁桶，还有一个专门装馍馍的、能保温的木箱。木桶装汤，铁桶装菜。

全班同学的饭菜都在这三样东西里面了。据此，每个班排了值日表，一日三餐，轮流去食堂把饭菜抬进教室，再进行第二次分发。这么一来，食堂那里再也不会乱哄哄的了。

食堂与学生双方都非常高兴。

王杰所在的班，绝大部分同学怎么也高兴不起来，因为女生太多了呀，无论值日表怎么排，都不能保证每次都有男生。没有男生，仅靠几个女生，要抬着那么多人的吃的喝的，而且每一次汤、菜、馍的重量有一百多斤，然后再走一千五百多米的路，真的很不容易，往往把饭菜抬到教室，抬饭的人累得连吃饭的好心情都快没了。尤其在下雨天，把饭菜抬到教室，人差不多成了落汤鸡——抬着饭菜可不好打雨伞呀。

一个瓜子脸的女生感叹："唉，要是我们班有十来个男生就好了！"

男生多了，每组值日生里面能有一两个男生，女生就相对轻松一点儿了。

"哈哈，现在知道我们男生的好处了吧？看看你们平时是怎么对我们的！"说这句话的是一个脸上生着痘痘的男生，他神气地昂着脑袋，居高临下地看着女生。"痘痘"的言外之意是他们四个男生平日没少被女生欺负，现在有求于他们了，女生至少应该先从态度上对他们好一些。

那个"短发"接过"痘痘"的话，做出态度诚恳的样子，说："我们知道错了，以后我们一定对你们好，那以后抬饭菜的事就一直交给你们好不好？"

"啊，一直交给我们？你们每次吃现成饭？""痘痘"叫着，立刻逃出了教室。做一两次是可以的，怎么能一直交给他们呢？天天做一件事，就是玉皇大帝也会厌烦呀。

"短发"冲"痘痘"的背影冷笑，等"痘痘"消失在教室门口后，"短发"冲包括王杰在内的三个男生撇着嘴巴，说："一到关键的时候，你们就露出熊样了，看你们以后谁还敢在我们面前称自己是男子汉！"

对"痘痘"的话，另外两个男生没有吭声，只好做"熊样"，而王杰则报以一个宽厚的微笑。

这是上午发生在课间的小插曲。

中午值日生去食堂抬饭菜时，王杰意外地出现在值日的女生队伍里。女生奇怪地问王杰："你跟来干什么？想看我们的笑话？"

"帮你们抬饭呀，难道不欢迎？"王杰说。

其中的"瓜子脸"忙不迭地说："欢迎，欢迎！"

说真的，女生不是怕苦畏难，只是力气太小了。

从这一天起，一日三餐，王杰都会出现在抬饭菜的值日队伍里。对于别人的好奇，王杰给出的理由很简单：都是同学嘛，这是一个男生应该做的。

那三个男生坐不住了：论身高，他们不比王杰矮；论力气，他们不比王杰小。他们怎么能无动于衷呢？以后他们还怎么在女同学面前挺直腰杆子？听着班里的女生们一个劲儿地夸王杰，他们的心里真不是滋味。

一个星期后，班里的四个男生完全接过了抬饭菜的任务。

也就是说，四十八个女生不用再出力流汗，就能吃上可口的饭菜了。

对此，别的班的女生羡慕不已。

王杰他们班的女生骄傲地对她们说："男生多与少都不是问题，关键得看他们愿不愿意真心实意地帮我们！"

　　王杰他们整整抬了一个学年的饭，春夏秋冬，风雨无阻。

目光

　　从走进金乡一中的校园的那一刻起，赵英玲那双顾盼生辉的眼睛就四下扫视着，她希望看见王杰，那也是她最想看见的人。他知道她考上了一中，自然也知道她今天来学校了。他应该和她一样，为他们终于在一个学校读书了而高兴，而且是在一中。

　　赵英玲考进一中的动力就来自王杰。按照赵英玲家的经济条件，一个女孩子是不可能上一中的，但是赵英玲硬是坚持要把书读下去，而且还考进了一中。王杰自己也对她说过，希望她努力考进一中。如今她以一个中学生的身份出现在一中，王杰难道不该对她表示一下吗？

　　然而，让赵英玲略微失望的是，直到吃过晚

饭，她也没有看见王杰，连他的影子都没见着。

这个家伙，还这么不好意思！赵英玲在心里埋怨着。在乡下，只要订了婚，那就是准两口子了。都要做"两口子"了，怎么还不来见一见她呢？

在接到一中的录取通知书之前，赵英玲的心里便充满了甜蜜的期待与憧憬：他会不会教她功课？他们会不会在夜晚的校园里散步？他们会不会说悄悄话？他们会不会手拉手……

哪能想到竟然是这样一个结果呀，赵英玲委屈得都想抹眼泪了。

赵英玲没有让自己的眼泪落下来。她给王杰找了不见她的理由：刚刚开学，大家都很忙，也许明天会来看望她。

第二天，在晚自习结束离开教室的时候，赵英玲听见一个熟悉的声音在叫她，是个男生："赵英玲，赵英玲……"

是同村的王校田。

赵英玲答应着，来到王校田跟前，她以为会看见王杰，但是王校田的身后没有他。

"有人找你，跟我来！"王校田压低声音说。

赵英玲知道是王杰要王校田来叫她的。她想使点小性子，但是她的一双脚已经不由自主地跟上了王校田。

　　王校田把赵英玲带到一棵大树跟前，那棵大树旁站着王杰，看不见他的表情，但是他的那双眼睛像星星一样发亮。

　　"你们谈吧，我走了。"说着，王校田急急地离开了。

　　过了一会儿，赵英玲听见王杰说："我昨天看见你了！"

　　原来他看见我了！赵英玲心头一热。

　　"你习惯吧？"

　　"习惯。"

　　"要把功课学好了！"

　　"嗯。"

　　"要注意身体，别感冒了。"

　　"嗯。"

　　"有什么事情要我做的，你就告诉王校田。"

　　"嗯。"

　　"对了，别告诉别人我们的关系，那样别人会笑话我们的。"

赵英玲在黑暗中嘻嘻笑了一声。还是那个王杰，话不多，也不是悄悄话，但他说的都是实在话，而且有一种大哥哥的口吻。恋爱是不是就是王杰要做一个大哥哥，而她则要做一个小妹妹？

赵英玲没有再"嗯"："你的衣服和鞋，以后我来给你洗。"

"不用，我自己洗。"

在一中的第一次见面，赵英玲和王杰就说了这么多的话，然后王杰转身匆匆走了。

不说悄悄话也没关系，只要能天天看见王杰，就挺好呀！赵英玲这样安慰自己。

在以后的日子里，在课间，在做操的时候，在去食堂的路上，在读报栏前，在教室的门口，赵英玲总能看见王杰的身影。只要看见王杰，赵英玲的目光就会飞过去，同时飞过去的还有她的关切、她的牵挂、她的情意。

有时候，王杰的目光也会飞过来。

在人来人往的校园里，目光是两个人之间最好的语言。

王杰用目光对赵英玲说：要努力学习呀！

赵英玲用目光对王杰说：我一定努力学习！

王杰用目光对赵英玲说：你不用老看着我呀，我挺好的。

赵英玲用目光对王杰说：你要不看我，怎么知道我看你？

王杰应该告诉赵英玲，他喜欢看见她。在他的眼睛里，她就是校园里的一朵花，一朵出现在哪里，就把他的眼睛照亮的花。

……

赵英玲收到了王校田转给她的一封信，那是王杰写的。

小赵：

你好！在学校我多次看见你，但是在有同学的场合，我不好意思和你接近、说话。明天是星期天，我和伯父去河边打鱼，请你到我家来吃鱼。

王杰

×月×日

吃鱼只是一个借口，王杰有许多话想对赵英玲说，那些话早一点儿说，对两个人都有好处，否则就可能影响学习了。

那天在饭桌上，王杰再一次超常发挥了。他把从报纸上看来的新闻讲给伯父伯母听，讲给赵英玲听。他对赵英玲说："我们是新中国的少年，建设新中国需要文化，我们要发奋读书呀……"

赵英玲不傻，她听懂了王杰话里的意思，王杰是要她把心思放在学习上。

赵英玲慢慢想明白了，在学校，他们应该想着学功课，而不是想着谈恋爱，不是想着手拉手，用校长在开学典礼上的话说："你们是新中国的少年，你们是祖国的未来，你们肩负着建设伟大祖国的重任……"

一九五九年的九月，新中国的一件件喜事不断地传进校园：大庆发现了油田；北京人民大会堂建成；我国第一台每秒钟运算一万次的快速通用数字电子计算机试制成功；庆祝新中国成立十周年那一天，首都举行了盛大的阅兵仪式……

这都是令少年热血沸腾的喜事呀。

那些天里，校园里一张张青春的面孔闪闪发亮，一双双青春的眼睛里激荡着理想、希望的激情，他们为新中国取得的成就而欢欣鼓舞，他们渴望报效祖国，恨不能一夜之间就长大成人，然后奔赴祖国的四面八方，去为新中国奉献自己的满腔热血和聪明才智。

赵英玲不知道的是，王杰对赵英玲说的话，其实也是说给他自己听的——新中国的少年心里怎么能只装着儿女情长？之后，王杰向学校团组织递交了他的第一份入团志愿书。

遗憾的是，在那个"唯成分论"的年代，家庭成分属于中农的王杰一直没能如愿入团。

第一志愿

校园一向是一个激荡着理想的地方。

在那看似色彩单调、风平浪静的校园生活里，哪一个少年的心里不藏着五彩斑斓、激情飞扬的梦想呀？在他们的作文里，在他们的日记里，在他们与同学的交谈中，他们情不自禁地透露过那些梦想。那些梦想如同夜空璀璨的星星，如同天上绚丽的彩霞，也如同水里的鱼儿忍不住在水面翻出的浪花：去做科学家，去做工程师，去做飞行员，去做歌唱家，去守卫边疆，去做医生，去做老师……

一九六一年的王杰已经是一个帅气的小伙子了，嘴巴上方长出了毛茸茸的胡子，淡淡的，犹如初春的草地。

王杰跟他的同学说过自己的梦想，他说他希望华坰村的盐碱地上能长满庄稼，用机器去播种，用机器去收割，让每一个华坰村的人都不用因为没有吃的而去逃荒，流落他乡。

这是和平年代里，一个少年最为朴素的梦想。

王杰并没有忘记他童年时想当解放军的梦想，当解放军需要机会，而这个机会不是王杰想有就能有的。

这一年的七月，王杰初中毕业，并且参加了金乡一中高中部的入学考试。对于考试情况，王杰感觉很不错，在伯父和赵英玲面前，他甚至都没有掩饰一下自己的喜悦。

伯父比王杰还要高兴。

"好呀，好呀，俺们王家终于要有真正的读书人了！"伯父兴奋地说。王杰将是王家第一个高中生，跟一个高中生比起来，伯父肚子里的那点儿墨水真算不上什么了。

伯父的高兴里还藏着他的"私心"：他总有老的一天，等他将来老得上不了讲台，就要王杰回到华坰村小学做老师，也算是"子承父业"，那时候王家就是真正的书香门第了。作为乡村知识分子，伯父特别看重"书香门第"，所以，伯父一直鼓励王杰考高中，如果可能，将来再去考大学。

在等待成绩公布期间，有一件大事降临到了校园里，这件大事来得突然，是王杰完全没有想到的。

这件大事就是部队要在学校征兵，招一批有文化的解放军战士。

解放军战士呀！

这不是王杰从童年就有的梦想吗？难道机会这么快就降临到眼前了？都参加了学校的征兵动员大会，王杰还有些不敢相信这是真的。

王杰听见自己的心里有一个坚定的声音说——

我是一匹马，一匹驰骋战场的马！

我要做解放军！

我要做英雄豪杰！

……

动员大会一散，王杰就找到好友辛庆文，问他是怎么想的。

在王杰的想象里，辛庆文应该拍着胸脯，豪迈地对他说："那还用说？当然是参军呀！"

王杰也希望辛庆文这样说，辛庆文已经是一中高三的学生了，王杰一直把辛庆文看作是自己的兄长，辛庆文的话无疑会增加他的信心，坚定他的决心。谁知，辛庆文挠挠后脑勺，说："这是大事，我得回家跟我爸我妈说，你也跟你大伯他们说一说……你想参军？你不想上高中了？你不是很想读高中的吗？怎么忽然改变主意了？"

王杰没有回答辛庆文的问题，他让自己冷静下来，也许他把这件事看得太简单了，至少他也应该把这件事跟伯父伯母说说，看看他们有什么想法。

王杰回家把这件大事跟伯父说了，他没有说自己的决定。

"得好好想想，这可是大事，先别忙着定下来！"伯父沉思着说。

"有同学已经定下了！"王杰说。

"那等你将来高中毕业了，再去参军可不可以呢？"伯父看着王杰和伯母，就好像他们俩掌握着征兵的政策一样。

"这个好呀！"伯母连忙说，"等高中读完了，一样可以去参军嘛。"

"是呀，高中读完了，你也可以去参军呀！"

伯父和伯母的意思已经非常明确了，错过了这一次参军的机会，还有下次，但是读高中的机会却没有第二次。

伯父伯母的想法在王杰的意料之中。

但是，王杰的想法是，祖国现在需要热血青年去保家卫国，有国家这个大家，才有个人的小家。如果都想着把高中读完，难道祖国这个大家就不要了吗？再说，真等到高中毕业，是不是还有这样的机会参军，那真不好说。

"现在祖国最需要我们去保家卫国……"王杰希望能说服伯父伯母。

"要不，写信给你爸妈，看看他们怎么说？"伯母提了一个新主张。

王杰摇摇头说："时间紧，过几天就开始报名了！"

爸爸妈妈在遥远的内蒙古阿荣旗，他们无法替王杰拿主意，倘若写信去问，时间也来不及了。但是，在华坰村的时候，以及后来的书信往来中，爸爸妈妈流露过他们的想法，他们希望王杰早一点儿参加工作，早一点儿成家，能给伯父伯母分担一点儿负担，总不能让伯父伯母一直为他掏钱读书呀！

"这么说，你想参军？"伯父问王杰。王杰脸上的表情和说话的语气都说明了这一点，王杰之所以征求他们的意见，是因为尊重他们。

"是，我想参军……"王杰轻轻地说，似乎怕他们受惊吓一样。

"小芳，你还小呀！"伯母抓住王杰的手，似乎王杰马上就要离开他们了一样。

伯父了解王杰，他冲王杰缓缓点点头，说："王杰，你长大了！"

"你有没有跟小赵说呀？"伯母问。伯母还在做最后的努力。在她的潜意识里，跟赵英玲说，那就是跟赵英玲的父母说，想必王杰未来的岳父岳母能劝下王杰。

王杰的脸红了一下："说过了。"

"她怎么说呀？"

"她没意见。"

赵英玲确实没意见。在王杰向她征询看法时，赵英玲很干脆地说："你不是从小就想当解放军吗？我喜欢你当解放军，你穿上军装一定非常好看！"

就为赵英玲的后一句话，王杰的决心也不会动摇。

不过，赵英玲的后一句话也给了王杰不小的压力：不是他想当解放军就能当上的，要体检，要政审。会不会因为他家成分是中农，而导致他没有资格去参军呢？

两天后，王杰和辛庆文都报了名。

这一天的晚上，王杰郑重地写下了这几句话："人一生以服从祖国需要为最快乐，服兵役是第一志愿。我要当一名光荣的人民解放军战士！"

"我来看你了"

真到了教师办公室门口，王杰又犹豫了。

为了自己的这个决定，王杰在来之前就已经犹豫了好一会儿，但是他到底还是来了，并且把同学韩义祥也拉来了，把韩义祥拉来算是为自己壮胆。

王杰犹豫，是因为他隐约感到这件事有那么点不对劲。到底哪里不对劲呢？王杰又说不清楚。最终，他被自己心里的那个强烈的愿望推着来找杨平老师。

杨平老师是学校团支部书记。

韩义祥生怕王杰临阵脱逃，在后面一边推着他的后背，一边冲办公室喊："杨老师，王杰找您！"

杨平老师在写着什么，他抬起头，高兴地招了招手说："哦，王杰呀，快进来，快进来！"

两个人走进办公室。

"王杰，找我有什么事呀？来，坐下说。"杨老师微笑着拉过一个凳子。

王杰拘谨地坐下，脸开始一点儿一点儿地红起来。

"都快当解放军了，还有什么不好意思的呢？你说吧！"杨老师一直喜欢王杰，王杰是那种肯吃苦，却不爱张扬的人，他做的永远多于说的，是一个淳朴的少年。

王杰求援似的看了看韩义祥。

韩义祥装作没看见。他愿意陪王杰来是抱了"私心"的，如果王杰的事情能顺利解决，到时候他再说也不迟。

王杰只得硬着头皮说了，大意是这样：这一次学校参军的同学中，大部分是团员，只有少数同学不是团员。他之前已经递交了入团申请书，想请杨老师网开一面，让他"火速"入团，以一个团员的身份走进军营，那样一来，就是光荣加上光荣的事情。部队并没有因为他家成分是中农而把他拒之门外，这说明他是一个优秀的青年。那么，同样，团组织也不应该因为他家的成分而拒绝他。

王杰的脸红得像云霞了，他不敢再看杨老师，目光落在自己的脚面上——该说的话，他都说了，现在就看杨老师的了。说实在的，王杰并不觉得自己的要求有多高，而对杨老师来说，这也不是多么难的事情。

杨老师说不出地惊讶，他就像不认识王杰一样看着他：这还是他熟知的那个王杰吗？他怎么能这样想呀？

不过，杨老师心里承认，在入团这件事情上，王杰是有委屈的，他完全符合入团的条件，只可惜他家的成分是中农。要是贫农的话，他早就成为共青团员了。在那个年代，这不是杨老师个人能改变的。

杨老师和蔼地说："王杰同学，你能入伍，老师由衷地替你高兴，老师也相信你会是一个好战士……"

王杰慢慢抬起头，充满希望地看着杨老师。

杨老师站起来，走到王杰的跟前，将手按在王杰的肩头，说："但是，王杰同学，你今天提的要求，我没有办法答应你，也不能答应你……"

王杰顿时僵住了，韩义祥也愣住了。

"我若是答应了，这事就是弄虚作假。你即将成为一名解放军战士，你愿意弄虚作假吗？"

王杰一句话也说不出来，脸再一次红了，都红到了脖子上，他终于明白自己的"不对劲"在哪儿了。为了"团员"这个称号，他不惜要杨老师为他弄虚作假，就凭这一点，他就没有资格入团。当上骗来的团员，就是欺骗部队。他还没有成为一名真正的解放军战士，就已经开始欺骗部队了，这是多么不应该的事情呀。那他参军到底是为了保家卫国，还是为了个人的名誉？

韩义祥哪好意思再跟杨老师提他的要求呀？他的要求和王杰的一样，也想"火速"入团，带着团员的身份去参军。

"我真是昏了头！"从办公室出来，王杰对韩义祥懊恼地说，他真后悔来找杨老师了。

韩义祥情绪低落，一双脚踢踢踏踏的。他担忧地问王杰："部队看到我们少数人没有入团，会不会以为我们在学校表现不好？"

表现不好，部队会不会对他们另眼相看？会不会不把他们当回事？

这也是王杰当初担心的。

"那我们在部队可以做得更好呀！"王杰看看韩义祥说，"要入团，我们就在部队争取，光明正大地争取！"

王杰下意识地握着拳头，他在给自己鼓劲。

王杰的情绪感染了韩义祥，韩义祥伸出手跟王杰击了一下手掌，下决心似的说："好，我们在部队争取入团！"

在穿上崭新军装的前夕，王杰特意去看望了一个人，这个人曾经在好长时间里激励着王杰，他是王杰心目中的英雄，无私的英雄，并且是王杰精神上的"兄长"。无论如何，王杰都应该去看看他。

王杰还带了礼物，那是他从八月的田野上采来的一束野花，朴素而美丽。

王杰来到羊山烈士陵园。

在考入金乡一中那年的第一学期，王杰就和全校的老师同学来过这里，第二年的清明节也来过。今天他是一个人来的，那时候一轮圆圆的太阳即将落下地平线，它红红的，像一颗火热的心脏。太阳正把它最后的光线尽情地洒在羊山那些苍松翠柏上，洒在苍松翠柏间的一座座石碑上，柔和，深情，不舍。

没有喧哗，没有嘈杂，一切显得那么安详，就连树上的那些鸟儿，也是那么乖巧，那啾啾的声音听上去不但动听，还透着一点儿小心，似乎怕惊动了那些长眠在石碑下面的烈士，当然包括十七岁的刘思代。

这里像是另一个世界，圣洁，崇高，伟大。

王杰站在刘思代的石碑前。

"哥，我来看你了！"王杰说。从"认识"刘思代起，时间一晃就过去了四年。刘思代依然十七岁，而他却已经十九岁了。

"哥，我也参军了！"

"哥，我要向你学习，为祖国抛头颅，洒热血！"

"哥，你批评我吧，我做了一件很不应该做的

"我来看你了" 133

事情……"王杰把他找杨老师的经过都对刘思代说了，然后王杰感觉自己的心里从来没有这么明朗、高远过。

向蚂蚁致敬

在手握钢枪的那一刻，王杰热泪盈眶。

有了枪，他就是真正的解放军战士了；有了枪，他就可以像刘思代那样上战场了，就可以做像杨根思、黄继光那样的英雄豪杰了……

更何况他身处的地方是徐州，伟大的淮海战役就发生在这里，而淮海战役是解放战争中具有决定意义的三大战役中的第二大战役，他脚下的每一寸土地都曾经洒过英雄的热血。

在这片英雄的土地上，他更应该做一个英雄的战士。

然而，王杰似乎忘记了他是一个和平年代的军人，等待他的是另一个"战场"。

首先是新兵连集训。

队列训练，战术训练，手榴弹投掷，射击训练，战场救护，战备拉练，越野跑、障碍跑等各种体能训练，整内务，背条令……

所有这些，都有一个共同的特点，就是单调、劳累，还要被风吹日晒。

皮肤被晒得猩红，碰一下，都感到火辣辣的疼痛；胳膊就像不是自己的了，近乎麻木；两条腿像灌了铅似的，沉重，发胀；脚底是血泡、水疱，它们不断被磨破，然后又不断生出新的。

这就是王杰他们这些不久前还是在校中学生的青年一直向往的军营，军营没有歌舞升平。

有人暗自流泪了，有人想家了，想爸爸妈妈做的饭菜，有人开始给家里写信，有人感叹就是铁打的身体也吃不消呀，有人唉声叹气地说："早知道……"

早知道军营是这样，是不是就不参军了？如果大家都不参军，谁来保家卫国？只要听到"早知道"之类的话，王杰就对对方说："千万别这么想呀，军人要有钢铁般的身体，要有钢铁般的意志，不训练哪行呀？过了这段时间，我们就习惯了！"

王杰的这几句话不只是劝别人，也是在劝自己。他和别人一样想家，想爸爸妈妈，想伯父伯母，还想赵英玲，他想给他们写信，但是他一次次忍住了。

接着，新兵连开到海岛上参加国防施工。

许多新战士第一次看见辽阔的大海。那银白的海浪你推着我，我推着你，一个接着一个朝岸边赶过来，然后哗啦一声扑在那些石头上，飞溅起无数的水珠。这一天，天上恰好是有太阳的，在阳光下，那些水珠如同珍珠，如同玉粒，又如同一颗颗小小的太阳。那些赶来的海浪似乎只为这一刻的灿烂。浪花之上是轻盈飞翔的海鸟，有白的，有灰黑的，白的是那么优雅，灰黑的是那么矫健……

看到这些，新战士不由得忘情地欢呼起来。

然而，海岛终究是海岛，岛上的条件比大家想象的还要艰苦，而且那时候国家正处于三年严重困难时期。

大家很快知道，九月的海岛，多雨，潮湿，闷热，整天雾气蒙蒙，还有许多蚊虫，尤其是那些花脚小蚊子，大白天它们都敢堂而皇之地叮到人的身上，让你毫无察觉，等它们喝足了鲜血飞走了，便留下鼓鼓的包，令人奇痒难耐。

他们吃的是豌豆窝窝头，住的是简陋的渔家房，狭小，阴暗，潮湿，用水都有严格的限制，因为那些淡水是特意从陆地上运送过来的，衣服尽可能少洗，洗澡尽可能只用湿毛巾蘸水擦一擦，洗头往往成了一件奢侈的事情。

听着阵阵涛声，看着滚滚浪花，就是他们在施工之余最大的"娱乐"。

有新兵私下里嘀咕："当兵真苦呀，好不容易读了八九年的书，哪想到竟然跑到这个鬼地方来抡大锤！"

不知道是不适应岛上的生活，还是没有注意卫生，王杰拉肚子了，拉得他浑身轻飘飘的，走路两条腿都打晃。

王杰完全可以利用这次"机会"躺下好好休息休息，但是他咬牙坚持着，用那些他读过的、听过的英雄故事来鼓励自己。

这期间，那些老战士成了王杰的榜样。他们从不叫一声苦，重活累活都抢在新战士的前面干，白天的空闲时间里还帮渔民打柴，垒石墙，修防浪堤，帮新战士洗衣服。晚上，老战士又围着煤油灯努力学习。

看着他们，王杰想：都是同样的人，老战士怎么会有那么旺盛的精力呢？我能不能做到像他们那样呢？

然后，王杰看到了蚂蚁。

那是在午饭后，在炎热的太阳底下，在一条土路上，王杰看见了一条蠕动的"黑布条"。布条怎么会动呢？仔细一看，原来是蚂蚁，是那种小小的黑蚂蚁，它们密密麻麻，该有成千上万只吧。它们前呼后拥地拖拉着一条青虫，那条青虫有王杰的小手指那么粗，那么长，而且还活着。青虫的体形是一只小蚂蚁的千百倍，它怎么甘心成为小小的蚂蚁们的美餐呢？青虫不住地扭动着身体，每一次扭动，都让那些咬着它的蚂蚁跌跌撞撞，晕头转向，甚至还可能弄伤了蚂蚁的小细腿。但是蚂蚁们依旧前赴后继地扑在青虫的身体上，紧紧地咬着，并且将青虫一点儿一点儿地朝路的对面拖去。

高低不平的路近一米宽。对王杰来说，他只需一步就轻松地跨过去了，但是对于小蚂蚁们来说，那可是"漫漫征途"呀。

王杰惊呆了。

这些蚂蚁是一个集体，为了这个集体，蚂蚁们不畏"强敌"，不畏艰难，也不畏炎热，最终胜利的无疑是小小的蚂蚁。

王杰好奇地想：这些蚂蚁是怎么来到海岛上的呢？它们是怎样适应海岛生活的呢？它们会觉得海岛生活太单调吗？

想到这里，王杰不禁哑然失笑。不过，王杰的心里对这些小蚂蚁充满了敬意。

王杰问自己：难道你还不如一只小小的蚂蚁吗？

"大家快来看，快来看呀——"王杰忍不住冲战友们喊起来。

老战士是他们的榜样，这些不起眼的小蚂蚁也是他们的榜样呀。同时，王杰也希望战友们走路的时候小心一点儿，别踩着了这些蚂蚁。

冷

强劲的北风呼呼地吹着，把白天吹走了，把夜晚吹来了，把寒冷吹来了。

漆黑的天空没有星星，也没有月亮，下起了小雨，因为强劲的风，那雨点砸在脸上不但冷，而且疼。不久，小雨中还飘起了零星的雪花。

白天的最高温度只有三摄氏度左右，这时候完全在零摄氏度以下。

原定的架桥还要不要架呢？不就是一次演练吗？等明天或者等天气暖和一些了，再架也不迟呀，那时候桥会架得利落一些，也结实一些。

嘴上没有人说这样的话，但是不少战士凝望天空的眼睛不小心流露出了这样的意思。

工兵一连连长刘德林心知肚明，他也是从新兵蛋子一步一步走过来的。他语重心长地说："越是在艰难困苦的时候，我们越是要创造奇迹，这是我们解放军战胜敌人的法宝，也是革命传统。在打仗的时候，敌人的飞机大炮会等天气暖和了再打吗？敌人会等你慢慢地把桥架好了再打吗？练兵千日，用兵一时，真本领是靠平时练出来的，有了过硬的本领，才能打大仗，打胜仗。在战场上，我们工兵赢得了时间，哪怕是一分钟的时间，那我们的战士就能少牺牲，甚至不牺牲。"

　　连长的一句句话，像锤子一样砸在了战士们的心里。在解放军的字典里，从来没有"畏惧困难"这几个字。战士们走进了黑夜，走进了寒风中……

　　这时候，一九六二年的元旦刚过去，正是数九寒冬，工兵连的冬训在架桥的演习中拉开了序幕。

　　架桥的要求只有两点：一是用时要短，越短越好；二是桥要结实，越结实越好。

　　架桥的时间越短，就能为大部队赢得更多的时间。在战场上，时间就是先机，就是生命，就是胜利的保证。

如果在战场上把桥架成了"豆腐渣"，那后果将是灾难性的。

王杰在二排架桥。

虽然是架桥，但是河边没有喧哗，没有喊叫，一切都是悄悄的。每个人做什么，都是事先安排好的，因而黑暗中大家紧张有序，忙而不乱。

橡皮艇无声地驶入河里，很快传来一组组数字：

"河宽八点四二米。"

"浅水三十五厘米，深水一百六十三厘米。"

"淤泥厚度二十厘米左右。"

……

测量之后，是水下打桥桩。

打桥桩需要身强力壮，锤子要砸得稳、准、狠，这样才能保证桥桩牢固。桥桩牢固了，桥面才能牢固。

在班长分配任务的时候，王杰急忙报了名："班长，我去打桩！"

班长不客气地说："王杰，我先把丑话说在前头，打桩绝不能拖泥带水，你要是完不成任务，今天夜里你就别想睡安稳觉！"

也不能怪班长这么说，跟别的战士比起来，王杰个子小，力气也不大，班长很是担心到时候别人抡一锤子，王杰需要抡两下、三下。

"保证完成任务！"王杰挺着胸膛说。王杰读初中的时候，曾经抬过一年多时间的饭菜，他对自己的两条胳膊还是很有信心的，而且这两条胳膊在海岛施工时，已经证明过了自己的能力。

可惜，班长没有看见王杰挺胸的样子。

王杰脱掉棉衣棉裤，身上只剩下裤衩，然后一步一步走进水里。

扛着木桩筑头（手夯锤）的五个战士也是只穿裤衩，跟着王杰下水了。

河面上竟然结冰了。

真是冷呀！别人哒哒地吸着气，而王杰浑身顿时起满了鸡皮疙瘩，眼看着牙齿要咯咯地响起来，王杰连忙紧紧地咬住了嘴唇，他可不想被别人听见他的牙齿响。冲班长的那几句话，今天就是上刀山，下火海，他也要圆满完成任务。

王杰从来没有体验过这种冷。最初，冷像是可恶的虫子，从汗毛孔钻进肌肤里，啃着，咬着；很快，冷又变成了无数的针，一点儿一点儿地刺着，直到刺入骨头里；然后感到血液凝固了，双腿开始麻木了，对冷似乎也失去了感觉。

这是一种很不错的感觉，可以不用理会冷了。

裸露在水面之上的上半身同样冷，风像无数把细小的尖刀，在皮肤上毫不留情地"剐"着。双腿的冷传导到上身，上身的冷传导到双腿，双重的寒冷相互呼应。水面上的冰也没有放过他们，它们似乎对蹚水的战士非常不满，不满他们把完整的冰挤压得支离破碎，便用冰的尖角刺他们，划他们。

"你们冷不冷？"有战友压低声音问。

"这算什么呀？我们曾经在冰能走人的情况下架桥，零下十几度！"一位老战士同样压低声音说。

老战士都这样说了，谁还好意思说冷呀？王杰说："不冷，不冷，一点儿也不冷！"

王杰有对付寒冷的经验，那就是跑，只要一跑，那浑身就暖和了，但是在水里他怎么能跑？他要是跑了，那就是逃兵呀！

不能当逃兵，那就使劲，劲用得越大，身上就应该越暖和了呀！于是，王杰抓起筑头，高高地举了起来，将力量倾注到双臂上，使劲砸在桥桩上，那桥桩就像得了命令，立刻朝泥里钻去。

真的，这时候，那些雨，那些小雪花，那寒风，在王杰他们的眼里都不算什么了。

考虑到水的寒冷，水中作业是分两班的。轮到王杰他们上岸休息时，王杰对班长说："我已经习惯了在水里，如果让我上岸，我反倒受不了，还是让我继续留在水里吧。"

在这个寒冷的夜晚，王杰在水中完成了别人双倍的工作量。

王杰上岸的时候，还是别人拉着他爬上岸的，因为他的那两条腿就像是木头做的，几乎不受大脑控制了，而他的那两条胳膊则发酸发胀，手心都有了血泡。

班长想起了他不久前对王杰说过的"狠话"，充满歉意地走到王杰身边，在他的身上拍了拍，说："王杰，你是好样的！"

黑暗中，王杰笑了，他相信以后班长不会因为他个子矮那么一点儿，就以为他的力气也小那么一点儿了。

对于王杰来说，有一种冷，它不叫冷，它叫磨炼，叫坚强。

尖兵！尖兵！

在岸上一道道手电的光柱里，只见到处是水，浑黄的水，它们翻滚着，打着漩儿，水面上浮动着杂草、树枝、家禽的尸体等各种从上游冲下来的杂物。

王杰走在最前面，他身后两三米远处跟着几个战士，所有的人都格外小心，因为谁也不知道那齐胸的水下面有什么。

水下面应该有路，有田野，有沟沟坎坎，以及其他不知道的东西。当大水把这所有的一切都淹没时，那么水下就有了未知的危险。

王杰他们的任务是探路，必须在短时间内探出一条安全的路来，而且这条路必须通向被洪水淹没的木料场。

九号涵洞即将被冲垮，如果任由它被冲垮，那么势必要淹没更多的农田和村庄，还可能会造成大量的人员伤亡。因而，这时候需要大量的木材去加固堤岸，防患于未然，而木材只有木料场有。

只有等王杰他们探出了一条安全的路，才能把木料场的木料抢运出来。

王杰以及他的战友们手上这时要是有一根竹竿之类的东西就好了，这样就不需要用脚一点儿一点儿在前面探路了，至少竹竿可以帮助他们探一探水深，减少危险。

然而，他们又怎么会想起来准备一根竹竿呢？在这茫茫大水里，他们又能到哪里找一根竹竿呢？

王杰他们是夜里被紧急集合的哨声叫醒的，然后晕头晕脑的他们被三辆汽车连夜拉到了这里。要知道，他们八月二十五日就奉命来到天津市静海县陈官屯执行抗洪抢险任务了，夜以继日的抗洪，使得他们身心极度疲惫。许多战士每天晚上衣服都来不及脱，身体一倒下去，就呼呼地进入了梦乡，没有任何过渡和铺垫。

灾情就是命令！在水里探路的战友们深深地知道这一点，他们更知道王杰肩负的任务比谁都重大。

王杰走，后面的战友就走；王杰停下，后面的战友就停下；王杰朝哪个方向拐，他们就朝哪个方向拐。

王杰是探路队伍里的尖兵。

尖兵！

王杰想得很简单，他是入伍两年多一点点的老战士，是共青团员，是五好战士，还荣立了三等功，他不去，要谁去呢？他不做尖兵，谁做尖兵呢？

在战场上，总有一个战士要去做尖兵的。

岸上打手电的人一声不吭，他们紧盯着王杰以及他身后的战友，在心里暗暗替他们鼓劲，并默默念叨着：千万别出事呀，千万别出事呀……

王杰的身体在水面上一点儿一点儿地向前移动着，有时候他的上半身露出得多一点儿，有时候仅剩下脑袋露在水面上。当忽然看见王杰的脑袋一下子没入水里的时候，他们一片惊呼，那些手电的光急速地在水面上闪来闪去，并警告王杰身后的战友别贸然过去。好在很快王杰的脑袋又冒了出来，只见他甩甩头，伸手在脸上抹了一把，对身后的战友说："是一道沟，你们向左让两米开外。"

于是，王杰身后的战友开始向左移动。

岸上的人轻轻嘘了一口气。

不一会儿，只听见王杰叫了一声："停下，快停下！"

王杰抬着右手，示意大家别走。

"怎么啦？"岸上的战友紧张地问。

"铁丝网！有铁丝网！"王杰说。

王杰身后的战友纷纷问：

"哪儿来的铁丝网？"

"铁丝网有多长呢？"

"能不能绕过去呢？"

"等一等，我再看看！"王杰说。说的虽然是"看看"，可王杰能怎么看？他只能用脚一点儿一点儿地触碰铁丝网，通过脚来感知铁丝网的宽度、长度，然后再让脚"告诉"他，他们应该怎么越过铁丝网，尽快找到木料场。

"我再下去看一看！"王杰对身后和岸上的战友说，因为他仅靠他的脚，做不出正确的判断，他还需要去水下看看。

然后，王杰深深地吸了一口气，潜入了水里。

看见王杰消失在水中，那些战友遗憾地想：要是有一根绳子就好了！

要是有一根绳子，就能把绳子的一端拴在王杰的身上，而另一端就抓在他们的手上。这么一来，他们就不用替王杰担心了。

一双双眼睛盯着水面。

不知过了多久，感觉很短，又感觉很长，只见水面上冲出一股浪花，随着浪花的出现，王杰的上半身也冒出了水面。王杰大口大口地喘着气，大致说了现在的情况：他们已经到达了木料场，那铁丝网是木料场的"围墙"，现在他们就在"围墙"外面。

要进入"围墙"里，有这么几种选择：一是从铁丝网上翻过去，二是把铁丝网剪开，三是找到木料场的大门。

翻过铁丝网，战士们势必要被铁丝网不断地划伤，同时抢运木料也得翻过来，一去一来，都靠翻，太浪费时间了。抢险也是战斗，在战场上节省一秒钟的时间，都关乎着战士的生命。

要是把铁丝网剪开呢？这是可行的办法，但是他们没有带剪刀，即使有剪刀，在水底下把铁丝网完全剪开，那得花费多少时间呀！

找到木料场的大门，是他们唯一的办法。

"大家分开找，找到木料场大门！"王杰喊。

于是，水里的所有战士围绕着铁丝网，用脚、用手去找大门。在手电的照射下，那些战士紧绷着脸，一边找，一边躲避着那些漂浮物，还要忍受风以及风带来的波浪的吹打。

尽管是八月，在水里不用担心寒冷，但是风掀起的波浪不断地冲击着他们的头，稍不注意，水就会呛进嘴里，就会模糊他们的眼睛。

"啊，找到了，找到了，我摸到门框了！"

惊喜的喊声是王杰发出来的。岸上所有手电的光都照射在王杰的脸上，王杰闭上眼睛，摆着手又喊："别照，别照，我看不见了！"

岸上发出兴奋的笑声。

有了路，有了门，所有的难题就迎刃而解了。木料场的木料被及时地抢运了出来，成了加固九号涵洞的"及时雨"，为抗洪抢险立下了汗马功劳。

王杰没有告诉任何人，他的手、胳膊、腿、脚被铁丝网划出了一道道的血印子。只有那一道道血印子知道，王杰在水里经历了怎样的惊心动魄。

星星看得见

夜很静，看不见一个走动的人影，也听不见说话声，站岗的哨兵像是一棵静默的树。工兵连营房的灯光如同一颗颗星星，它们与天上的星星遥相呼应。在天上的星星和地上的"星星"之间，萤火虫打着小灯笼悠悠飞舞，它们也算是星星了，是飞动的星星。

没有一丝的风，依然那么热，仿佛白天太阳把炎热都晒进了泥土里，这一刻热气正呼呼地散发出来。

一个人即使什么事情也不做，汗水也依然不停地流出来。这不，新战士小刘的上衣都被汗水浸湿了，整个后背都和衣服贴在了一起。

小刘低声骂了一句，他骂的是蚊子。

蚊子不怕热，它们嗡嗡叫着，一批一批地扑向站岗的战士。战士长裤长褂，裸露在外面的只有握枪的双手和脸，但蚊子只是在飞，却不敢挨上去，不是因为它们体谅战士的辛苦，而是因为它们闻到了那手和脸上散发出来的一股味道，它们很不喜欢这种味道。它们在等着，等着那味道散去，再凶猛地扑上去。

但蚊子总是很失望，因为往往等那种味道快要散了，战士也该换岗了。

不过，今天晚上蚊子很开心，因为站岗的战士后背的衣服很快就被汗水浸湿，贴在了身上，它们可以透过衣服，吸到战士的鲜血。

小刘也不顾军营的纪律了，站在那里不住地扭动着上身，还用手把衣服朝外拉一拉，让衣服不再紧贴着后背，好使蚊子无从下嘴。

这时，小刘看见一个人影朝他走来。是查岗的吗？

等问了口令，才知道是班长王杰来了。王杰是来替小刘站岗的。

"我……不是还有一会儿吗？"小刘太意外了。

"没事，我看见你今天太累了，脚上有水疱了吧？回去用温水洗一洗，最好明天让医生看看，不要自己处理，早点休息呀。"

"班长……"小刘还想坚持下去。

"这是命令！"王杰严肃地说，然后他变成了一棵静默的树。

小刘只好走了，他心里对王杰有说不出的感激，他也感激那些星星，因为那些星星还陪着王杰呀。

今天白天，工兵连进行了长途行军训练。

长途行军不但要负重，而且一路上既没有一片树荫，也没有一片云彩把太阳遮挡一下，太阳简直是一个大火球。在炎炎烈日下行走，人就像是在蒸笼里，大家流了一身一身的汗水，那些汗水在战士的身后"画"了一圈一圈的白渍。

在烈日下长途行军，是战士的必修课，它一向是对战士们体力和毅力的考验。

就连王杰这样的老战士脚上也会起水疱，更别说小刘这样的新战士了。那时候，大家裸露在外面的皮肤被太阳烤得火辣辣的，晕头晕脑，浑身酸痛，连意识都近乎迷糊状态了。一开始，大家会喊口号或者唱歌来为自己鼓劲，但是到了后来，大家既喊不动了，也唱不动了，一个个埋头走路。

一回到营房，一放下背包，所有的新战士就完全瘫倒在床铺上，苦着一张脸，做出深仇大恨的表情，却不知道应该去恨谁。恨太阳肯定不行，难道要夏天的太阳温和得像初春的太阳吗？是不是该埋怨部队领导的安排？那也没道理，如果贪图轻松、安逸就不来当兵了，钢铁战士是在磨炼中成长起来的。于是，新战士只好一句话都不说，暗自在那里摇头叹气。

但是老战士不能这样，老战士是新战士的榜样，是新战士的兄长，必要的时候还要充当他们的父母。

作为班长，作为老战士，王杰放下背包后，就忙着给新战士打水烧水，帮助炊事班生火切菜，而且他还要做出没事的样子，还要做出轻松快乐的样子。王杰相信快乐是会"传染"的，老战士都快乐了，新战士自然也快乐了。王杰还相信，炊事班早一点儿做出可口的饭菜，对辛苦了一天的战士们来说，应该也是一种不小的安慰，有时候，人的肚子能决定心情。

这一天晚上，王杰本不需要站岗。

不用站岗，就可以美美地睡一觉了。可是，王杰又怎么能睡得着呢？那些新战士的面孔总在他眼前晃。王杰打了一个盹儿，就走出营房，替下了哨兵小刘。

营房的灯一盏一盏地熄灭了，那些萤火虫也不知道去哪儿了，这时候只剩下天空的星星。

王杰喜欢头顶的星星。一颗星星的光芒是微弱的，但是无数的星星聚集在一起就汇成了璀璨的星河。

人也是一样，一个人的力量是渺小的，但是许许多多的人从四面八方来到部队这个大集体里时，那就彻底不一样了。没有什么事情是解放军做不了的，没有什么艰难困苦能阻挡解放军的脚步。无论是战争年代的冲锋陷阵，还是和平时期的抢险救灾，解放军都用他们的行动创造了一个又一个的奇迹。

能在这个集体里，能在这个集体里参与创造奇迹，这是多么幸福的事情呀！

王杰愿意把他的幸福与战友们分享。

关心战友，帮助战友，把战友看作自己的兄弟，是王杰与战友分享幸福的方式。做一名工兵，常常需要与死神打交道，爬高空，钻猫洞，打炮眼，排雷，排哑炮，还有抢险救灾……每一种工作危险都如影随形。只要有危险，王杰总是抢在战友的前面。

天空的星星认识王杰，它们知道王杰在多少个夜晚替别人站岗。某一个战士身体不适了，某一个战士临时有事情了，某一个战士的家属来到了部队，王杰总是痛快地说："你放心，我替你去站岗！"

星星觉得王杰的身体里就像上了发条，总是有使不完的劲。星星们不知道的是，王杰早就被大家称为"闲不住的人""不知疲倦的人"。

星星心疼王杰，它们很想为王杰做点什么。星星能为王杰做什么呢？星星让自己变成了一双双眼睛，变成王杰父母、伯父伯母的眼睛，变成王杰姐姐、弟弟、妹妹的眼睛，变成赵英玲的眼睛……

在这些眼睛的注视下，王杰站成了一棵坚定的树。

花布鞋知道

看见王杰的信，赵英玲顿时吓得心惊肉跳，一时都不敢去拆信封了。

信封上的字哪是王杰写的呀？写得歪歪扭扭，软弱无力，像喝醉了酒，像断了筋骨，跟过去信封上的字一点儿也不一样呀。

王杰写信一向比较潦草，那都是他匆匆忙忙中写下的。为这，赵英玲专门批评过王杰，要他至少把信封上的字写得好看一点儿，因为信到达她的手上要被许多双眼睛"抚摸"，那些眼睛会不会觉得王杰写信是不情不愿的？会不会觉得王杰对她有什么看法？虽然她知道王杰不是这样的人，但是别人不一定知道呀。

王杰接受了赵英玲的批评，后来他果然把信封上的字写得工整多了。

那么，这封信是怎么回事呢？就是潦草也不该这样潦草呀，是不是发生什么事情了？

赵英玲用手按了按胸口，似乎要防止那颗心脏跳出来。她哆嗦着拆开信封。

亲爱的小赵：

你好！身体好吗？生活是不是愉快？在看见这封信的时候，是在地里劳动，还是在家里绣花？大伯大娘身体都好吧？代我问候他们呀。

四月五日，我和战友小刘在熬沥青时，不小心把手烫伤了，这给生活和工作带来了一点儿不方便。这封信是我用左手写的，字写得很难看，请你原谅。

现在我的手已经好多了，明天就出院了，请不要回信了，也别为我心疼牵挂。

敬礼！

王杰

一九六四年五月十八日

读了信，赵英玲长长地出了一口气，原来王杰是用左手写的信，原来王杰的手被沥青烫伤了。

尽管王杰轻描淡写，但是赵英玲还是能从"出院""带来了一点儿不方便"等字眼感觉出烫伤的严重程度。

当赵英玲把信读给爸爸妈妈听时，他们也很紧张。妈妈说："烫伤咋就住院了呢？别不是……"

妈妈闭上嘴巴，没有往下说。妈妈被烫伤过，别说住院了，就是到医生那里简单处理一下都不需要，该做啥继续做啥。

听妈妈这么一说，赵英玲的心倏地又悬了起来。

"那怎么办呀？他还让我不要回信，为什么不要回信？"赵英玲一脸焦虑地说。她连忙去把王杰之前的来信拿出来，跟这封信比较。越比较，赵英玲越感到这封信里藏着某种可怕的东西。"我……我要去看王杰！"

为这个突然做出的决定，赵英玲的脸都憋红了。

赵英玲去看王杰那天，穿的是一双花布鞋，是新的，那是她一针一线亲手做的，做好后她一直放在箱底，原本打算做新娘子那一天再穿的。如今赵英玲提前把花布鞋穿上，穿着它去看王杰。

这双花布鞋见证了赵英玲想见王杰的迫切心情，也见证了赵英玲对王杰的深情。

这双花布鞋从山东金乡县于楼村出发。那时候没有便利的交通，除了乘坐直接到达徐州的火车，其余的路程赵英玲都是一步一步走过去的。

乡下姑娘根本就不怕步行，而且步行还可以节省路费。

但是赵英玲忽视了一个常识，那就是新鞋会挤脚，脚在新鞋里面不能完全舒展开来，鞋都是越穿才越舒服。

结果，赵英玲的脚磨出了水疱。

实在疼得不行了，赵英玲就脱了花布鞋和袜子，坐在路边，给脚做一次按摩，让脚放松一下。对待水疱，赵英玲每次都直接用路边小灌木上的小刺挑破了，她的这双脚从来不娇气。

到了徐州时，花布鞋一点儿也不挤脚了，但是已经看不出那是一双新鞋了。那双新花布鞋沾了泥巴，染了路边青草的颜色，鞋面上落了灰尘，一副风尘仆仆的样子。

花布鞋用了三天的时间，把一直揪着心的赵英玲送到了王杰的面前。

看着犹如从天而降的赵英玲，王杰吃惊得不敢相信那是真的。

"你怎么来啦？"王杰说，听上去像是埋怨，但是王杰的目光却透着说不尽的喜悦。

"我来看你的手！"赵英玲故意板着脸说。

王杰下意识地把右手放到身后，讪笑着说："不就是那么点烫伤吗？害得你还大老远跑来……"

赵英玲转到王杰的身后，目光一落上去，她的心就像被什么狠狠地揪了一下：那只手上结了痂，烫伤最严重的地方差不多都能看见骨头了。赵英玲明白了王杰为什么住院，那带来的不方便绝不是"一点儿"。

赵英玲的眼泪不由得滚落了下来。

"没事了，真的没事了，你看——"王杰连忙用手做出各种动作，他希望这些动作能让赵英玲放心。至于滚烫的沥青粘在手上甩也甩不掉，洗也洗不掉的滋味，王杰半个字都没有提。等赵英玲抹去眼泪，王杰对她说："回去别跟大伯大娘说呀，免得他们担心……"

赵英玲还能说什么呢？王杰是战士，这么一点儿烫伤对于一个战士来说，也许真的不算什么。她能做的就是帮王杰洗衣服，洗袜子，洗床单……

该洗的都洗了。

三天后，王杰把赵英玲送到车站。

王杰一直没有留意到赵英玲的那双新布鞋。快要上车的时候，赵英玲提醒王杰说："你看看我的鞋——"

王杰看着赵英玲的新鞋，他没有看出有什么特别的地方，不就是一双鞋吗？很普通的布鞋，脚后跟还磨破了。

赵英玲羞羞答答地说了这双鞋的来历。

"你……你怎么舍得呀？"王杰说，他已经非常舍不得了。

"回家我再做一双新的，要比这双更好看！到时候……"赵英玲的脸羞红了。

王杰明白了"到时候"的意思，他的脸也红

了，那是甜蜜的红，幸福的红。

花布鞋又把赵英玲风尘仆仆地送回金乡县于楼村。

赵英玲真的又做了一双新的花布鞋，比上一双花布鞋做得更用心，更好看。

那一年

一九六五年，王杰年满二十三岁。

这一年五月一日国际劳动节庆祝活动结束后，王杰在日记中写下了这样一句话："我们要一不怕苦，二不怕死，做一个大无畏的人。"

这一年的五月二十五日，王杰终于踏上了回家探亲的路，那个位于内蒙古阿荣旗那吉屯的家。

王杰与他的父母、姐姐、弟弟、妹妹已经分别了七年。在这七年里，在无数个日子里，王杰只能在书信中一次次"看望"内蒙古阿荣旗那个叫那吉屯的村子，"看望"父母，"看望"姐姐、弟弟、妹妹，他一次次在梦中与他们相见。

王杰曾经有三次机会去阿荣旗探亲，但都被王杰放弃了。第一次，连队的训练刚刚拉开大幕，训练是为了战备。时刻准备着去战斗，是和平时期战士的天职，他怎么能够在这个时候回家探亲呢？第二次，恰逢部队参加抗洪抢险，在"小家"与"大家"之间，王杰毅然决然地选择了"大家"，放弃假期，与战友们一道参加了抗洪抢险。第三次，也就是这一年的四月，战友韩义祥接到家里电报，得知父亲病重。王杰知道后，主动找部队领导，把原本属于他的探亲假让给了韩义祥，因为韩义祥比他更需要这个假期。

王杰是有情有义的人。

王杰的心里装着"小家"，更装着"大家"。

这一天，阳光明媚，阿荣旗的小村子那吉屯喜气洋洋，和煦的风优雅地吹过，不时有大人孩子朝王儒堂家赶过去，他们和王儒堂的家人一起站在门口张望着。村里的狗不明白发生了什么，它们盲目地撒着欢儿，盲目地叫唤着，盲目地在人群里钻来钻去。

赵英玲也在人群里。她已经来了一段时间了，她来到那吉屯是为了照顾王杰生病的母亲，是为了让王杰在部队里安心。

"来了，来了……"忽然从远处跑来一个男孩子，他的双臂大幅度地摆动着，惊喜地喊着，"解放军呀，真的解放军！"

果然是一个真的解放军。他穿着崭新的军装，迈着矫健的步伐，昂首挺胸地走来，军帽上鲜红的五角星在阳光的照射下熠熠生辉。

狗们还没来得及叫唤，就被那些大人孩子喝住了——狗怎么能冲真的解放军叫唤呢？他可是王家的儿子王杰呀，这是王杰第一次回家。

到了人群跟前，王杰啪地站直了，行了一个标准的军礼。这个军礼被村子里的大人孩子永远地记住了，也被王杰的亲人永远地记住了。

然后，王杰的眼眶湿润了，这是他朝思暮想的第二故乡啊！爸爸妈妈看起来老了，弟弟妹妹长高了，长大了，那些不认识的乡亲看他的目光，就像华坰村的乡亲在看他一样。

回家的感觉真是美好呀！王杰明白，为了他的故乡（包括华坰村），为了他眼前的这些亲人，为了天下所有像他的亲人一样的人，他做的一切都

值了。

赵英玲的那一双顾盼生辉的眼睛一直没有离开过王杰，那里面是满满的幸福与喜悦，还有骄傲。

他们第一次手拉手了，就在村里那条清亮的小河边。在午后的阳光里，小河如银色的带子蜿蜒着伸向远方，蓝天、白云、太阳在小河里留下了它们美丽的身影。

他们俩漫步在小河边，这样悠闲的时光对他们俩来说都很难得。

赵英玲对王杰说华堌村，说于楼村，说那吉屯，说地里的庄稼……

王杰对赵英玲说工兵连，说他们班，说他的战友……

他们都有说不完的话。他们彼此之间都真切地感受到了那种爱恋的感觉，就这样天长地久地走下去多好。

后来，赵英玲就说起了她做的新的花布鞋。那双新的花布鞋已经做好了，珍藏在箱子里，就等着那一天好穿上。

"你要是看见了，我保证你喜欢它们呢！"赵英玲陶醉地说。

"真的吗？我真想看一看呀！"王杰说着，就抓住了赵英玲的手。

王杰的手粗糙，有力量。

赵英玲的手同样粗糙，那是长期做农活的结果，但是这会儿她的手没有一点儿力气，就像面团捏成的。

河边草丛里忽然飞出一只白鸟，吓得两只手立刻分开了，然后两张脸都变得通红通红。

后来，只要想到这一幕，赵英玲就感觉万箭穿心。

这一年的六月二十八日，王杰看完电影《自有后来人》后，在日记里写道："只要革命需要，我一定要像李玉和那样，视死如归。"

这一年的七月二日，王杰担任徐州邳县张楼公社民兵地雷班教员。说白了，是做地雷班的老师。这是王杰第二次做老师了。

选择王杰去做教员，是因为王杰胆大心细，不但懂理论，而且实际操作能力也很强。他曾在十五分钟的时间里，一口气挖了二十四个防步兵地雷坑，每一个坑都合乎质量标准。他排的哑雷从来没有发生过意外，他是连里的"一级爆破能手"。

王杰的那双手就像是为地雷而生的。有一段时间，王杰对地雷简直像是着了魔，他捧的饭碗、他端的洗脸盆、他看见的南瓜、他睡觉的枕头……都被他看作了地雷。

在地雷班里，王杰先后教会了民兵学员在前沿阵地设置与排除51式防坦克地雷、59式绊发地雷等各种应用地雷。

这一年的七月十三日傍晚，王杰和副班长张钦星在谈工作上的事，他们谈话的重点是：怎样让他们这个集体在检查评比中有更出色的表现？熄灯以后，王杰还没有一点儿睡意，他的心里就像奔驰着一匹战马。王杰不能自已，就借着手电的光写下了他生命里最后一篇日记《加油》：

加油

四好五好花正浓，

一年又比一年红，

新的一年更跃进，

跃马横戈向前冲。

半年初评"加油站"，

检查评比把"油"添，

分秒必争学"毛著"，

如同紧握方向盘，

眼前道路更宽广，

步伐更快永向前。

这一天，白杨树哭了

这一天是一九六五年七月十四日，是王杰生命里的最后一天。

凌晨两点，轮到王杰站岗。

白天的暑热已经退去，凉爽的夜风扑面吹来，同时送来植物的清香、泥土的气味……各种各样的气味混合起来，那就是大自然的气息。这种气息与华堌村的气息，与阿荣旗那个小村子的气息是一脉相承的。

各种浅唱低吟，那是虫儿献给王杰的歌。青蛙的叫声热烈而响亮，它似乎在向王杰表功：听到我的声音，你就不会寂寞了吧？

其实，王杰的字典里没有"寂寞"这两个字。

头顶的星星深情地看着王杰。

王杰在心里对星星们说：请告诉他们，我很好！

"他们"指的是王杰的爸爸妈妈、伯父伯母、兄弟姐妹、赵英玲等家人，以及华堌村和那吉屯的父老乡亲。

"我很好"也是王杰在寄给家里的信中说得最多的一句话。

到换岗时，王杰又替战友东庆明多站了一班岗。东庆明并不愿意让王杰替他站岗，王杰做了民兵的教员后特别辛苦，每天睡得最晚，起床却最早——他怎么能让王杰为他站岗呢？他不就是有点不舒服吗？那根本就不影响他站岗。然而，王杰硬是把东庆明推了回去。

凌晨四点，王杰回到屋里。

王杰完全可以再睡一会儿，但他提着一个水桶，来到井边打了一桶水，放到院子里，然后回到屋里，把战友们的脸盆一个个拿来，给脸盆倒上水，再端回屋里。

王杰做这一切的时候，没有一点儿声音，只能看见他的身影在无声地忙碌。

天不知不觉地亮了，湛蓝的天空像一块巨大的蓝宝石，当那轮金红的太阳跳到天空中时，天空刹那间显得无比生动和绚丽。王杰出门前抬头看看天，晴朗、明净的天空总是令人心情愉快，那种愉快像草尖上晶莹的露珠，像树的枝头掠过的一缕清风，像天上轻盈、飘逸的云朵。

王杰带着这种愉快的心情，带着相关器材，精神饱满地往外走。

"班长，你这么早就去啦？"副班长张钦星跟王杰打着招呼。

"不早了，早一点儿去把准备工作做好了。"王杰说，"这些天你辛苦了。今天是最后一节课了，完了，我就能回来分担你的一些工作了。"

这时，训练场的那棵白杨树在静静地等待着王杰和民兵们的到来，那是一棵二十多米高的树，树身比一个大海碗还要粗。作为一棵树，它不明白王杰他们这些天来这里做什么，但是它喜欢这群年轻人，他们有朝气，他们浑身有使不完的劲，他们笑起来的时候热情奔放，他们严肃起来的时候，就会睁大眼睛看着那个叫王杰的教员。他们还常常唱歌，用歌声表达他们做成某一件事的喜悦。

因为这群年轻人，白杨树也觉得自己年轻了，它表达自己快乐的方式是把自己的树叶抖动得哗哗响。

民兵们一个一个地来了。

很快，王杰也来了。

听王杰说今天要做实爆训练，民兵们一个个摩拳擦掌，兴奋不已。不过，他们看见王杰用炸药包替代地雷时，有些失望，也有些不解。罗汉瑞直接对王杰说："王教员，咱们爆个真地雷该多好！"

王杰耐心地对罗汉瑞说，一个真地雷的价值要高于一个炸药包，但是训练的效果是一样的，而且这么做能起勤俭练兵的作用。

"哦，咱晓得了，地雷要省着用！"罗汉瑞恍然大悟道。他的模样引得大家哄堂大笑。

这时，白杨树看见王杰拿着拉火管、雷管，站到了民兵们的面前，认真地说："我们今天的课程是绊发防步兵应用地雷实爆，这种地雷要求在瞬间爆炸，杀伤敌人，所以不能加导火索，要的就是敌人一旦绊着，就立刻爆炸。这也对我们的操作提出了非常高的要求……"

王杰讲得格外细致、认真，因为他特别清楚，在实爆中只要有一点点的失误，那就可能造成无法挽回的后果。

为了做到万无一失，王杰又独自跑到几十米外的一条水沟边，用拉火管直接连接雷管做实爆前的试爆，连续做了两次，两次都获得了圆满成功。

在一边目睹王杰操作过程的民兵感慨："看看咱们的老师，心细得真像一个绣花的小姑娘呀！"

民兵们在训练场挖好了地雷坑，围在王杰的身边，一共有十二个人，其中还有人民武装部的干部，他们都全神贯注地看着王杰操作。

白杨树看见王杰小心翼翼地把炸药包安放在地雷坑内，小心翼翼地掩埋上泥土，并对身边的人说："一定要像战场上那样，让敌人发现不了我们的地雷……"

就在这时，埋设炸药包的土层冒出了一缕白烟……

接下来会发生什么，王杰比谁都清楚。在这万分危急的关头，王杰大喊一声："闪开！"便飞身跃起，扑向了炸药包，随即是一声惊天巨响……

白杨树成了王杰最后时刻的"目击者"。最初，白杨树和那十二个人一样都蒙了，他们根本不知道发生了什么，也根本来不及躲闪，然后就是爆炸声。白杨树看见爆炸形成的冲击波把王杰整个身子抛到了空中，它的身上还挂了不少王杰衣服的碎片……

白杨树也是亲历者。它遍体鳞伤，枝叶落了一地，树干上的皮都给那巨大的冲击力削掉了。这也使得它明白了这样一个事实：王杰完全可以保护自己，但在那千钧一发的时刻，王杰用自己的血肉之躯换来了十二个人的生命……

作为一个教员，作为一个一级爆破能手，王杰确实能保护自己，在炸药包即将爆炸的时刻，他只要往后迅速一仰，以避开炸药包爆炸形成的四十五度最大杀伤角，就可以保全自己了。但是，王杰把生的希望留给了别人。

白杨树受伤的部位不断地流出白色的液体，那是它的眼泪，那是它为王杰流的眼泪。